붉은가슴울새

붉은가슴울새

서기향 소설집

강

차 례

욜하트   7

제비와 붙어살이벌레   27

미로   55

정오의 날개   83

붉은가슴울새   117

새들의 비상 도로는 서로 다르다   143

직박구리   171

백로와 사막코끼리   197

해설 일상의 미세한 균열을 통한 인간 존재 탐색 | 이덕화   223

제2회 성주문학상 심사평   242

작가의 말   244

욜하트

1

남자는 몽골에서 왔다고 말했다. 제 고향은 한적하면서도 아름다운 마을이죠. 그곳에는 특별한 산이 있어요. 숲이 우거진 한국의 산처럼 아름다운 산은 아니랍니다. 가파른 바위들만 있는 험한 산이거든요. 그 바위산이 내게 특별한 것은 산 중턱에 독수리 둥지가 있기 때문이지요. 그 바위산 둥지에서는 해마다 새 생명이 태어나고 있답니다. 사람들은 그 바위산을 욜하트라고 부르죠. 몽골어로 독수리는 욜, 바위는 하트이거든요.

남자는 자신의 이름도 욜하트라고 말했다. 제 이름을 그렇게 지은 것은 어머니의 태몽 때문이었다는군요. 부모님은 초원을 떠돌며 양을 키우는 유목민이었어요. 바위산 근처에 있는 겔에서 신혼을 보냈다고 하더군요. 낮에는 초원과 그 위에 펼쳐져 있는 푸른 하늘을 바라보며 양을 돌보고, 밤에는 뚫려 있는 겔의 천장을 통해 별을 바라보다가 몸이 뜨거워지면 밤새 사랑을 나누며 살았겠지요. 하루는 어머니가 바위산에 올라가 독수리 둥지 안에 있는 알을 꺼내 치마폭에 담아 내려오는 꿈을 꾸었답니다. 곧바로 태기가 있었다는군요. 열 달 후 건강한 사내아기가 태어났는데 그 이름을 욜하트라고 지었다고 합니다.

남자는 그 바위산을 제집 삼아 지냈다고 말했다. 유년 시절의 저는 바위산을 내 집처럼 들락거리며 지냈었죠. 그 무렵 아버지는 제게 독수리에 대해 사실처럼 떠도는 전설 이야기를 해주었지요. 욜하트의 독수리들은 평균 팔십 년의 수명을 안고 태어난단다. 사십 년이 지나면 날카롭던 부리는 헤어지고, 발톱도 형편없이 닳아버려 사냥이 불가능해지지. 독수리들은 이 시기에 환골탈태를 한다는구나. 그때는 자신이 태어났던 바위산 둥지로 돌아와 석 달 가까이 아무것도 먹지 않고 지낸단다. 둥지를 튼 독수리는 먼저 자신의 부리를 바위에 끝없이 부딪혀서 닳도록 만든단다. 그러면 새 부리가 나오니까. 새 부리가 나면 제 발톱을 하나씩 뽑아낸단다. 그래야 다시 날카로운 새 발톱이 돋아나니까. 마지막으로 힘이 없어져 날지 못하게 된 날개의 깃털도 한 개씩 뽑아낸다는구나. 그러면 다시 힘차게 하늘을 날아오를 수 있는 새 깃털이 돋아나니까. 그런 과정을 겪고 나면 다시 사십 년을 더 살 수 있는 새로운 독수리로 살아갈 수 있단다. 모든 독수리가 다 그 고통을 이겨내는 것은 아니란다. 이 과정을 두려워하여 포기하는 독수리들도 적지 않은데 결국 초라한 죽음을 맞이하고 만단다. 아버지는 입을 통해 떠도는 전설을 사실로 믿었나 봐요. 바위산을 날아다니는 나이 든 독수리를 볼 때마다 저 녀석도 환골탈태를 할 때가 된 것 같은데 성공할까. 제게 그렇게 말했으니까요.

그 남자는 환골탈태를 하는 독수리처럼 자신의 인생도 전환을 시도해야 할 시기를 맞았다고 말했다. 제가 결혼했을 때는 몽골 정부가 사회주의에서 벗어나 자본주의로 전환한 직후였죠. 아이들이 태어나고, 학교를 다닐 때는 변화하는 역사의 과도기적 현상으로 경제적 어려움이 사회 전반에서 나타나고 있었어요. 제가 가르치는 학교의 아이들도 자주 배가 고팠죠. 점심을 굶고 차비가 없어 삼십 분 이상 걸어서 학교를 오는 아이들이 많았으니까요. 대학을 졸업하고 전문 직종에 종사하는 고학력자들은 십만 원에서 십오만 원가량의 월급을 받는데요. 고공 행진하는 물가를 따라잡지 못해 생계비조차 부족했어요. 대학을 졸업하고 일자리를 잡지 못한 젊은이들이 넘쳐나도 정부는 어느 것 하나 제대로 해결하지 못하고 있었답니다.

그 남자는 스스로 교사를 그만둘 수밖에 없었다고 말했다. 제 꿈은 택시 회사에서 택시를 분양받을 돈을 마련하는 것이었어요. 돈을 벌기 위해 교사를 그만두고 한국에 왔어요. 이제 이 년이 조금 지났어요. 한국에 오기 전 몽골에 파견되어 있던 한국 선교단체 사람에게 도움을 요청했어요. 우리처럼 엉덩이에 푸른 몽고반점을 갖고 태어난다는 당신의 나라 솔롱고스에 갈 수 있도록 해달라고 했지요. 발바닥이 닳을 만큼 찾아다니며 사정을 했는데 쉽지 않았어요. 선교단체 사람들은 하나같이 고개를 옆으로 젓더군요. 몽골에서 대학을 나온 고학력자라고 해도 한국에 들어가면 실제로 할 수 있는 일은 남들이 기피하는 3D 직종밖에 없다면서요. 그래도 택시 보증금만 마련할 수 있다면 어떤 일이든 할 수 있으니 무조건 보내달라고 애원을 했어요.

그 남자가 한국에 와서 처음 취업을 했던 곳은 가구공장이었다고 말했다. 제가 한국에 온 첫해 때마침 경기 불황이 시작되었지 뭡니까. 제가 첫 취업을 했던 공장도 부도가 나서 일 년 만에 문을 닫고 말았지요. 불법체류자가 되지 않으려면 실직 후 두 달 안에 재취업을 해야 된답니다. 부랴부랴 취업한 두번째 직장이 도금공장이었어요. 열심히 일했어요. 또 문제가 생겼어요. 화공약품 독성으로 피부병이 심해지는 바람에 6개월 만에 그만둘 수밖에 없었어요. 세번째 취업한 곳은 지방의 도로를 닦는 건설 현장이었어요. 6개월 만에 공사가 완료되는 바람에 다시 실직 상태가 되어버리고 말았습니다.

그 남자는 불법체류자가 되고 말았다고 말했다. 합법적인 체류 기간은 오 년이었어요. 세 번의 이직 후에는 본국으로 돌아가야 한다는 조항이 있어요. 거기에 걸려 불법체류자가 되고 말았습니다. 그때부터 언제 경찰에게 걸릴지 몰라 불안한 나날을 이어갔어요. 택시 분양금을 마련하기에는 돈이 조금 부족했거든요. 불법체류자 신분으로 고물상에서 전선 피막을 벗기는 일을 했어요. 고용주는 내가 불법체류자인 걸 눈치채고도 받아주더군요. 일당 삼만 원을 받고 일을 하던 중 석 달 만에 임금이 체불되기 시작했어요. 방세가 밀렸어요. 고용주에게 돈을 달라고 했어요. 나의 독촉에 고용주 아들이 나타나 내 등을 툭툭 치면서 너 불법체류자지? 하고, 달라는 돈은 주지 않고 그렇게 말했어요.

그 남자가 사는 집에는 또 다른 외국인 노동자들이 살고 있었다고 말했다. 내가 일했던 고물상에는 캄보디아 사내도 있었어요. 처음 고물상에 갔던 날이었어요. 캄보디아 사내가 내게 방이 있느냐고 물어봤어요. 없다고 대답했어요. 캄보디아 사내가 나 살고 있는 할머니 집에 빈방 있어, 한 달 십만 원. 그렇게 말했어요. 일을 끝내고 캄보디아 사내를 따라갔어요. 집주인 할머니는 돈 많이 벌어서 가라는 말을 하고 비어 있던 방을 내주었어요. 옆방에는 캄보디아 사내와 필리핀 사내가 같이 살고 있었어요. 필리핀 사내는 닭을 키우고 있었어요. 하루는 닭장을 탈출한 닭들이 이웃집 텃밭으로 들어가 배추 모종을 쪼아 망쳐놓고 말았어요. 텃밭 주인은 옆집 맹이 할머니였어요. 화가 난 맹이 할머니가 눈을 까뒤집고 달려왔어요. 할머니가 주인 할머니에게 따졌어요. 필리핀 놈이 키우는 달구 새끼들이 우리 배추 모종을 죄다 절단 내고 말았어. 올 김장을 망쳐놓았으니 집이가 책임져. 달구 새끼들을 키울라문 가둬놓고 키우라고 해야지 그냥 냅둬가지고 피해를 주느냐고 펄펄 뛰며 화를 냈어요. 그때 이곳저곳을 떠돌아다니면서 액세서리를 파는 일을 하고 있는 필리핀 사내가 왔어요. 사내는 화를 내고 있는 맹이 할머니에게 "비할라 나"라는 말만 되풀이했어요. 한국말로 신의 뜻대로, 라는 말이지요. 맹이 할머니는 "비할라 나인가, 지랄인가, 알아듣지도 못할 소리만 하고 있으면 어쩔 겨. 배추 모종 값 물어내." 마구 소리를 질렀어요. 필리핀 사내는 맹이 할머니에게 나 오늘 돈 못 벌었어, 돈 없어, 하며 쩔쩔매기만 했어요. 맹이 할머니는 필리핀 사내에게 쥐어박는 시늉을 하면서 한 번만 이런 일이 더 있었다

가는 저 달구 새끼 모가지를 전부 비틀어 잡아먹고 말겠다고
소리를 질렀어요. 필리핀 사내가 방으로 들어가더니 초코파
이 몇 개를 들고 나왔어요. 맹이 할머니에게 초코파이를 내밀
며 먹어 맛있어, 그렇게 말했어요. 집주인 할머니가 어른한테
먹어가 뭐여, 그런 반말은 애들한테 쓰는 것이여, 나이 든 어
른들에게는 잡수세요라고 하는 겨, 하고 야단을 치며 가르쳐
주었어요. 집주인 할머니는 전기세와 수도세가 많이 나온다
고 아껴 쓰라는 잔소리를 입에 달고 살아도 텃밭에 채소와 방
울토마토를 직접 가꿔 먹게 해주었어요. 또 잔칫집에서 가져
온 음식을 우리들에게도 나눠주었어요. 그런 집주인 할머니
가 나는 참 좋았어요.

그 남자는 솔롱고를 만났다고 말했다. 몽골 어머니 생신날
에 부쳐줄 선물을 사려고 시내에 갔어요. 상가에서 옷을 산
후 이곳저곳을 돌아다니며 구경하던 중이었어요. 지나가던
아가씨와 부딪히고 말았지 뭡니까. 나도 모르게 "오— 칠라
레." 몽골 말을 했어요. 몽골어로 미안합니다, 라는 뜻이지
요. 나와 부딪힌 아가씨가 눈을 크게 뜨고 당신도 몽골에서
왔습니까, 하고 내게 물어봤어요. 그렇다고 말했어요. 그때
아가씨가 박씨, 라는 말을 하면서 와락 품 안으로 안기지 뭡
니까. 당황했었죠. 곧바로 그 아가씨가 누구인지 알아보았어
요. 몽골에서 교사 생활을 할 때 가르친 제자 중 한 명이었던

솔롱고였어요.

"채 오호?(차 마실래요?)"

"채 오야.(차 마시겠습니다.)"

솔롱고와 찻집으로 갔어요.

"아질 싸이노?(일은 잘되고 있습니까?)"

"가이구이.(그저 그렇습니다.)"

"비—싸이노?(건강은 어떻습니까?)"

"싸인.(좋습니다.)"

솔롱고와 몽골어로 대화를 하다 보니 한국에 온 후 줄곧 나를 힘들게 하는 향수병이 씻은 듯 낫는 것 같았어요. 몽골에서 마시던 수태차, 설날 아침에 먹었던 양고기 만두 보츠과, 허러럭, 초비방, 떡슴 같은 음식들이 눈앞에서 오락가락하고 흐미와 모린호르 같은 몽골 전통 악기 소리도 무척이나 그립던 때였거든요. 솔롱고는 유학을 왔다고 했어요. 한국에 온지 몇 달 되지 않았다고 했어요. 문제가 생기면 어떻게 처리해야 할지 몰라 불편한 일들이 많다고 했어요. 그럴 때 전화를 하면 도와줄 수 있느냐고 묻고는 내가 살고 있는 곳을 와 보고 싶어 했어요. 가르쳐줄 수 없었어요. 사는 꼴이 너무 누추했기 때문에 보여주고 싶지 않았거든요. 그날 이후 솔롱고를 자주 만났어요. 솔롱고와 같이 있으면 바위산 주변 초원을 노랗게 물들이는 노랑할미꽃이 피어 있는 고향집에 와 있는 것 같았어요. 솔롱고의 웃음소리도 몽골 초원을 가로지르며 부는 바람처럼 내 영혼을 헤집곤 했지요.

그 남자는 몽골에서 기다리고 있는 부인이 있다고 말했다. 십 년 전 아버지가 말씀하셨죠. 욜하트, 저 아가씨 말이야. 네 어머니를 많이 닮았구나. 평생 함께 살아갈 동반자로는 저 아가씨처럼 심성이 곧고 너그러운 사람이 좋단다. 네가 아가씨와 결혼을 하게 된다면 인품 좋은 아이를 낳아 몽골이 필요로 하는 인물로 키워낼 수 있을 것 같구나. 그래서 결혼했어요. 아이는 둘이에요. 아버지의 말씀대로 아내는 좋은 사람이에요. 몽골에 돌아가면 그동안 해주지 못했던 사랑을 듬뿍 해줄 거예요.

그 남자의 통장에 들어 있는 돈은 백만 원쯤 된다고 말했다. 그동안 일해서 집에 생활비 부쳐주고 이곳에서는 최저 생계비만 쓰면서 돈을 모았어요. 그 돈으로 택시는 분양받을 수 있는데 항공료가 부족해요. 그래서 불법체류자 생활을 조금 더 해야 해요.

그 남자는 오늘 새벽 경찰에게 붙잡혔다고 말했다. 꿈을 꾸고 있었어요. 바위산에서 둥지를 틀고 앉아 있는 독수리 한 마리를 보았어요. 새 부리, 새 발톱, 새 깃털로 환골탈태를 마친 독수리였어요. 환골탈태를 마친 새가 날아가려고 날갯짓을 하는 걸 보고 있을 때였어요. 어디선가 탕 하고 총소리가 들려왔어요. 놀라 눈을 번쩍 떴어요. 그때 마당에서 수상쩍은 발걸음 소리가 들리더니 방문이 덜컥 열렸어요. 깜짝 놀라 일어나 보니 경찰이었어요. 아무 생각도 들지 않았어요. 캄보디아 사내가 잠자고 있던 옆방에도 경찰들이 들이닥치는 소리가 들렸어요. 집주인 할머니가 깜짝 놀라 방을 뛰쳐나왔어요. 이 양반들은 나쁜 사람 같지는 않은데 왜 잡아가느냐고 경찰들에게 따졌어요. 경찰이 손가락으로 나를 가리키며 이 사람은 불법체류자라고 말했어요. 집주인 할머니는 불법 체류가 이 새벽에 방 안까지 신발을 신고 들어와 잡아갈 만큼 큰 죄가 되느냐고 물었어요. 경찰이 그렇다고 대답했어요. 풀죽은 얼굴을 한 할머니가 그래도 잘 좀 봐달라고 사정했어요. 경찰은 이런 일은 인정으로 해결할 수 있는 문제가 아니라고 했어요. 감옥을 가든 강제 추방을 당하든 법대로 처벌을 받아야 한다고 말했어요. 내가 마당으로 끌려 나왔을 때 캄보디아 사내와 필리핀 사내도 끌려 나왔어요. 부슬비가 부슬부슬 내리는 새벽 우리는 수갑을 차고 할머니의 집 대문 밖에서 붉은 불빛을 번쩍거리고 있는 경찰차에 탔어요.

2

정이 그 몽골 남자를 만난 것은 작년 겨울 파주에서 독수리 촬영을 할 때였다. 정이 관찰하고 있는 독수리는 차갑고 메마른 바람이 불고 있는 허공에서 아래를 내려다보며 정지 비행을 하고 있었다. 그때 저만큼 떨어진 곳에서 독수리를 관찰하며 촬영을 하고 있는 정을 지켜보는 한 남자가 있었다. 작은 키에 차림이 초라한 남자였다. 남자는 정이 촬영을 마칠 때까지 떠나지 않고 지켜보고 있었다. 남자는 정이 촬영을 마치고 이동할 준비를 하고 있을 때 다가왔다. 잠시 머뭇거리던 남자는 몽골의 내 고향에는 저 독수리들이 태어난 바위산이 있어요, 그 바위산을 욜하트라고 부르지요, 내 이름도 욜하트입니다, 하고 어눌한 한국말 발음으로 말했었다. 근처에 가구공장이 있어서 이주 노동자들을 심심찮게 볼 수 있었다. 정은 남자에게 어디를 가는지 몰라도 방향이 같다면 차를 태워주겠다고 말했다. 남자가 고맙다는 말을 하고 차에 탔다. 차를 타고 가면서 남자는 정에게 독수리 바위산에 대해 말했다. 몽골에 가면 독수리 바위산으로 가보라는 말도 했다. 정은 명함을 꺼내 남자에게 주었다. 그 후 몽골 사내가 정에게 전화를 했다. 몽골 고향이 그리워서 한 전화라고 하고는 독수리 촬영은 언제 또 가느냐고 물었다. 지난겨울에도 전화가 왔었다. 방송국 스태프들과 독수리 촬영을 할 때도 사내에게 그 날짜를 말해주었다. 촬영 현장에 몽골 남자가 나타났다. 남자는 정에게 그동안 어떻게 지냈으며 어떤 일들이 있었는지 말해주었다.

정은 이른 새벽 잠결에 전화벨 소리를 들었다. 어둠이 옅은 담묵처럼 남아 있던 새벽이었다. 한밤중 혹은 이른 새벽에 걸려오는 전화치고 좋은 소식은 없었다. 잠에 빠져 있던 정은 눈도 뜨지 못한 채 침대 옆 탁자에 있는 휴대전화기를 집어 들었다. "박씨, 도와주세요. 나는 지금 경찰에 잡혀 출입국관리소로 이송 중입니다." 전화를 받은 정은 박씨라는 말에 잘못 걸려온 전화라고 생각하고 끊어버렸다. 이내 다시 전화벨이 울렸다. 나는 박씨를 만난 적이 있습니다. 박씨도 나를 잘 압니다. 출입국 관리실로 찾아와 나를 꼭 좀 만나주십시오. 그리고 전화가 뚝 끊겼다. 정은 박씨는 성이 아니라 몽골어로 선생이라고 하는 걸 기억해냈다. 동시에 그 사내가 욜하트라는 걸 알았다.

정의 아내는 괜한 일에 휘말리는 것이 아니냐고 난색을 표했다. 아내의 만류에도 정은 변호사 친구에게 전화를 했다. 몽골 사내를 도울 방법이 있는지 물어보았다. 변호사 친구는 출입국관리소에서 몽골 사내의 범죄 사실부터 조사한다고 했다. 또 불법으로 노동을 했는지 아닌지도 조사한다고 했다. 조사 결과 범죄 사실이 드러나면 구속되어 재판을 받고, 단순

히 불법 체류만 했을 때는 벌금을 물고 강제 추방으로 마무리
가 된다고 말했다. 체포된 남자에게 도움을 주고 싶으면 검찰
로 넘어가기 전인 24시간 안에 찾아가는 것이 좋다고 말했다.
변호사를 선임해야 할 문제가 발생했을 때는 일반 변호사 선
임도 가능하고 사정이 어려울 때는 국선 변호사를 선임할 수
도 있다고 했다. 그보다 해외이주노동자센터를 통해 사정을
호소하면 도움을 받을 길이 있을 수 있다며 그쪽 일을 전문적
으로 하는 인권변호사의 전화번호를 알려주었다.

정은 남자를 만나기 위해 C시 출입국관리소로 향했다. 출입국
관리소로 들어가 담당 직원을 찾았다. 이름과 신분을 밝힌 정
은 욜하트라는 몽골 남자는 어떻게 처리되느냐고 물어보았다.
담당 직원은 신원조회 결과 범죄 사실이 없었으므로 불법 체류
만 문제 삼아 강제 추방 쪽으로 결론이 날 것이라고 말했다.

정은 담당 직원에게 욜하트를 만나게 해달라고 부탁했다. 담
당 직원이 욜하트를 데리고 왔다. 정은 무엇을 어떻게 도와주
면 좋겠느냐고 물어보았다. 욜하트는 특별히 부탁할 것은 없
다고 말했다. 새벽에 전화를 했던 것은 두려워서 그랬다고 말
했다. 몽골에서는 법이 원칙대로 작동하기보다 변칙이 얼마든
지 통하기 때문에 지레 겁을 먹었던 것 같았다고 했다. 정은
욜하트에게 강제 추방될 거라는 담담 직원의 말을 전했다. 욜
하트도 그렇게 될 거라고 짐작하고 있었다고 했다. 정은 욜하

트에게 무슨 일이 있으면 다시 전화를 달라는 말을 하고 출입
국관리소를 떠났다.

정은 차를 몰고 서울로 올라갔다. 라디오 FM 방송에서는
DJ가 「돈데 보이」라는 팝송을 소개하고 있었다.

"다음에 들으실 곡은 「돈데 보이」인데요. 먼저 이 노래를
부른 티시 이노호사(Tish Hinojosa)라는 가수를 소개하자면
1955년 미국 텍사스주에서 멕시코 이주민 자녀로 출생한 사
람이죠. 이 곡은 미국 이주민의 슬픈 이야기를 노래하고 있는
데요. 가사의 내용은 이렇죠. 돈트는 새벽녘 나는 달리고 있
어요. 붉게 물들기 시작하는 어느 하늘 아래를 말이죠. 태양
이여 부디 나를 들키게 하지 말아다오. 이민국에 신고되지 않
도록 말이에요. 난 어디로 가는 걸까요? 어디로 가야만 하나
요? 난 희망을 찾아가고 있어요. 난 혼자서, 외로이 사막을
헤매며 도망쳐 가고 있어요. 「돈데 보이」의 가사와 같은 일들
은 이제 우리나라의 어느 거리에서도 흔히 볼 수 있지요. 그
럼 노래를 들어보기로 하겠습니다."

DJ의 해설에 이어 노래가 흘러나오기 시작했다. 노래가 흐
르는 내내 출입국관리소 면회실에서 잠깐 본 욜하트의 얼굴
이 눈앞에 어른거렸다.

정은 일주일 후 욜하트의 전화를 받았다. 출입국관리소에서
풀려 나와 지금은 공항에 와 있다고 했다. 몽골에 오면 꼭 자

신을 찾아달라고 말했다. 정은 조만간 촬영을 하러 몽골에 가게 되는데 그때 잊지 않고 당신을 찾아가겠다는 말을 하고 통화를 마쳤다.

3

정은 텔레비전 뉴스를 보고 있었다. 뇌물 수수 사건, 자살 사건, 성폭행 사건, 살인 사건 등등 머리가 아팠다. 옆에서 빨래를 개고 있던 아내가 우리 사회도 이젠 환골탈태가 필요한 것 같지 않느냐고 물었다. 아내의 말에 정은 엄지손가락을 자신의 가슴 쪽으로 구부려 보이며 나도 환골탈태 대상이냐고 물어보았다. 아내가 손바닥으로 정의 무릎을 탁 치면서 찔리는 데가 있느냐고 했다. 글쎄…… 평생 새만 쫓아다닌 일밖에 없었던 정으로서는 어떤 대답을 하는 것이 정직한 대답일지 잠시 생각에 잠겼다. 잠시 후 정은 일어나 서재로 들어갔다. 책상 앞에 앉아 컴퓨터의 전원을 넣었다. 화면이 떴다. 파일 목록에서 독수리를 찾아내 클릭했다.

정의 컴퓨터 모니터에 독수리의 번식 장면을 촬영했던 에르덴산트 산이 떴다. 에르덴산트 산은 암벽으로 둘러싸인 바위산이다. 주변은 초원지대로 작은 언덕과 구릉으로 형성된 곳이다. 에르덴산트 산을 살펴볼 때 수염수리가 머리 위를 오락가락하고 있었다. 정이 찾고 있던 독수리도 나타났다. 흥분되었다. 독수리를 본다는 것은 근처에 둥지가 있다는 증거이기 때문이었다. 쌍안경으로 살펴본 결과 독수리 둥지는 바위산 중간에 있었다. 관찰 장소인 바위산에서 상당히 먼 거리에 있는데도 육안으로 확인이 될 정도로 큰 둥지가 쌍안경에 포착되었다. 독수리 둥지는 바위와 비슷한 보호색을 띠고 있어서 누가 일부러 말해주지 않으면 그냥 놓치기 쉬웠다. 정은 둥지를 직접 확인해보기 위해 위험을 무릅쓰고 200미터가 넘는 산 중턱까지 올라갔었다. 가까이에서 본 둥지는 멀리서 보았을 때보다 훨씬 컸다. 둥지 크기는 대략 지름 140센티미터 정도이고, 높이는 100센티미터로 성인 두세 명이 올라가도 무너지지 않을 만큼 아주 튼튼하게 만들어져 있었다. 독수리는 한 둥지를 여러 해 사용한다고 알려져 있다. 보통 알은 한 개를 낳고 약 53일간 알을 품는다. 알에서 깨어난 새끼는 어미로부터 먹이를 받아먹으며 약 삼사 개월 지내면 어미로부터 독립을 하게 된다.

둥지 안에는 새끼 독수리 한 마리가 있었다. 알에서 깨어난 지 한 달쯤 되어 보였다. 새끼 독수리는 인적에 겁을 먹고 납작하게 엎드린 채 움직이지 않았다. 정이 둥지를 살피고 있는 동안 새끼가 걱정된 어미 독수리는 머리 위를 계속해서 날아다녔다.

정은 이 바위산에서 촬영했던 어린 독수리 새끼들이 남쪽으로 이동해 우리나라 농가에서 먹이를 찾는 장면을 촬영한 적도 있었다. 몽골의 날씨는 아침저녁으로 영하로 떨어진다. 찬바람이 부는 10월이 되면 먹이가 부족해진다. 그때부터 따뜻한 남쪽으로 이동하기 시작한다. 어린 독수리는 몽골 동쪽과 중국을 걸쳐 3천 킬로미터 넘게 이동한다. 최종 목적지는 우리나라의 비무장지대이다. 11월 중순 우리나라에 도착한 독수리들은 대부분 강원도 철원과 파주 장단에서 겨울을 보낸다.

우리나라를 찾아오는 독수리들은 대부분 어린 새이거나 늙은 독수리들이다 보니 사냥 능력이 떨어진다. 죽은 동물의 사체를 찾아다니면서 농가 주변 양계장에서 버린 죽은 닭을 먹거나 환경단체에서 주는 가축을 먹고 겨울을 보낸다. 해가 떠 온기가 돌기 시작하면 독수리들은 농장 근처에 내려앉아 죽어 버려진 가축이 녹기를 기다린다. 먹이를 먹을 때는 한 마리씩 이동하는 것을 볼 수 있었다. 먹이가 부족해 무리 지어 하늘을 날아가는 독수리들도 자주 발견할 수 있었다. 독수리들은 해 질 무렵이 되면 산 쪽으로 이동해 잠을 잔다. 우리나라를 찾아 겨울을 나는 독수리들은 월동지에서 크게 벗어나지 않은 채 3월까지 머물다 번식지인 몽골로 돌아간다.

정은 늙은 독수리가 환골탈태하는 사진 한 장을 보았다. 사

실을 말하자면 이 사진은 정의 컴퓨터 파일에는 없는 사진이
다. 그렇다고 환상이나 환시는 아니다. 그 사진은 정의 의식
에 확실히 내장되어 있는 것이니까. 정이 다녀온 에르덴산트
산의 바위산과 몽골 남자 율하트가 말한 바위산이 같은 곳인
지 확인하지 못했다. 하지만 정의 의식에는 두 바위산이 별개
가 아닌 하나의 바위산이 되어 있다. 그래서 율하트의 아버지
처럼 정도 전설로 떠도는 독수리의 환골탈태를 실제처럼 생
각하게 되었다. 정이 찍은 에르덴산트 바위산 사진을 보고 있
으면 율하트에게 들어 알게 된 바위산이 떠오르면서 의식과
몸이 욱신거리곤 했다. 이유를 알 수 없었지만 통증은 날이
갈수록 더 심해지고 있었다.

제비와 붙어살이벌레

1

  나는 대학 졸업과 동시에 붙어살이벌레로 퇴화해버렸다. 존재감 한번 정말 더럽다. 대학을 졸업하기 전만 해도 뭇 여성들로부터 강용주는 멋있는 물 찬 제비라는 말을 여한 없이 들었다. 그랬던 내가 지금은 어머니를 숙주로 하는 붙어살이벌레로 전락해버리고 말았다. 비참한 일이 아닐 수 없다. 세상은 넓고 할 일은 많은데 졸업한 지 사 년째로 접어든 지금까지도 취업 문턱을 넘지 못하고 있었다. 스트레스를 받을 때마다 술로 마음을 풀다 보니 살만 잔뜩 쪘다.

  해 질 무렵 헬스장에서 한바탕 뛰고 집으로 돌아왔다. 아무도 없었다. 소파에 앉아 리모컨으로 전원 버튼을 눌렀다. 텔레비전 화면에 광활한 아프리카 대평원이 펼쳐졌다. 지평선을 배경으로 한 넓은 초원에는 동물들이 무리를 지어 이동하고 있었다. 평화로워 보였다. 잠시 후 카메라가 동물들 속으로 줌인하면서 화면이 바뀌었다. 배가 갈라져 내장을 땅바닥으로 쏟아낸 코끼리 사체가 클로즈업되었다. 입에 피를 잔뜩 묻힌 하이에나 한 마리와 수십 마리의 민머리독수리 떼가 내장을 파먹느라고 정신이 없었다. 참혹한 생존 현장을 보고 몸을 떨고 있을 때였다.

"너는 애비가 들어왔는데 쳐다보지도 않냐?"

소리에 깜짝 놀라 돌아보니 아버지가 거실에 올라와 계셨다.

"어, 오셨어요."

엉덩이만 조금 들고 인사한 내가 못마땅한지 아버지는 헛, 흠, 헛기침을 하면서 안방으로 들어가셨다. 느낌이 좋지 않았다. 아버지가 불편한 심기를 드러낼 때는 어머니 몰래 매입한 주식의 주가가 폭락했든지 친구분의 아들이 알아주는 기업체에 취업했다는 소식을 들으셨을 때였다. 하나뿐인 아들이 보란 듯이 취업에 성공해서 아버지의 자랑거리가 되어주었더라면 오죽이나 좋았을까. 대학을 졸업한 지 몇 해가 지나도록 취업을 못한 나로 인해 사는 일에도 영 낙이 없으신 듯했다.

삼 년 전만 해도 다들 어렵다더라고 하셨다. 이 년 전만 해도 기다릴 만큼 기다렸으니 곧 될 거라고 기대감을 버리지 않으셨다. 사 년째로 접어들기 시작한 올해 초부터는 달랐다. 맨 정신일 때 나를 대하는 태도는 못마땅함에 표정만 냉랭한 정도인데 술을 드시고 난 날이면 불만감을 제대로 폭발하시곤 했다. 조금 전 아버지가 지나가실 때도 술 냄새가 맡아졌던 걸로 보아 느낌이 좋지 않았다. 마음이 불안해졌다. 이럴 때 최선의 방어책은 아버지의 사정거리에서 벗어나는 것이었다. 휴대전화를 열고 불러내면 나와줄 친구를 찾기 시작했다. 그때 안방으로 들어가신 아버지가 자갈밭에 코란도 바퀴 굴러가는 소리를 내기 시작했다. 아, 잠이 드셨구나. 없는 약속을 애써 만들지 않아도 될 것 같았다. 한시름 놓은 나는 휴대전화를 내려놓고 다시 텔레비전을 시청했다.

그사이 화면은 누 떼가 도강하는 장면으로 바뀌어 있었다. 리더가 시원찮았는지 몇 마리가 급류에 휩쓸려 떠내려가고 있었다. 물속에 몸을 숨기고 있던 악어들이 슬금슬금 누에게 접근하고 있었다. 누가 무사하면 악어가 굶어야 하고, 악어가 배를 채우려면 누가 죽어야 하는 한판 생존 싸움에서 어느 쪽을 응원할까, 갈등을 하던 중이었다.

돌발 사태가 발생했다. 코골이 소리를 내고 주무시고 계시던 아버지가 갑자기 방문을 벌컥 열고 나오셨다. 팬티 차림으로 나오신 아버지는 주방으로 가셨다. 정수기에서 물 한 컵을 뽑아 벌컥벌컥 소리까지 내고 마시다가 나를 흘끔 쳐다보았다. 나는 황급히 시선을 텔레비전 쪽으로 돌렸다. 곧 총알이 날아오겠지. 그다음에는…… 마음을 졸이고 앉아 아버지의 다음 행동을 예측해보고 있었다.

"근데 넌 언제까지 그러고 있을 거냐?"

예측은 적중했다.

"넌 학교 졸업한 지가 언제인데 여태 취직도 못하고 그게 뭐냐? 스물여덟이면 충분히 네 인생 네가 책임지고 살 나이가 된 거라고. 나는 네 나이에 결혼도 했어. 누구 도움 없이 혼자 힘으로 살았다고. 앞으로 너에게 일 원 한 장 투자할 생각 없으니까 네 인생은 네가 만들어가고, 기댈 생각은 마라. 알았냐? 어차피 부모에게 의지하고 살 나이는 지났잖아."

구구절절 맞는 말씀에 나는 유구무언일 수밖에 없었다.

"너도 생각해봐라. 환갑이 지난 애비가 피둥피둥한 아들자식 뒷바라지로 언제까지 이리 뛰고 저리 뛰어야 하는 거냐?"

길게 이어지는 불황에도 정부에서 청년들을 위한 일자리를 창출하지 못해 그런 걸 나만 탓하느냐고 합리적인 항의라도 했다가는 개수대로 가야 할 컵이 내 머리로 쌩하고 날아올 게 뻔했다. 아버지의 말은 못 들은 체하고 있었다. 아버지는 그런 나의 태도마저 불만인 것 같았다.

"애비 말이 틀렸냐?"

목소리 톤이 확 올라갔다. 그래도 아직은 공포탄 발사에 지나지 않았다. 아버지의 감정 도화선에 불이 붙기 전에 자리를 피할 필요가 있었다.

"사둔 주식의 주가가 또 폭락한 모양인 모양인데 그 화풀이를 왜 나한테 하는지 모르겠네."

손에 쥐고 있던 리모컨을 탁자에 놓고 방어 차원에서 한마디 툭 내뱉고 일어났다.

"이 새끼가 뭐라고!"

공포탄만 탕탕 날리던 아버지가 드디어 실탄을 쐈다. 그때까지 있는 듯 없는 듯 옆에서 조용히 웅크리고 있던 애완견 별이 몸을 벌떡 일으켰다. 경계 태세를 취한 별이 아버지를 향해 이빨을 드러내고 으르르르르 멍멍멍 짖어대었다. 순간 아버지의 얼굴에서 뭉크의 절규가 재현되는 게 보였다.

"이눔의 궤웨쌔끼가!"

식탁 위에 있던 스테인리스 양푼이 휙 날아간 것과 동시에 별이 잽싸게 소파 밑으로 기어 들어갔다. 양푼이 쩽그랑 쩽쩽 소리를 내며 별이 앞에 떨어졌다. 별이 양푼을 바라보며 멍멍멍 맹렬하게 짖어대었다.

그때 어머니가 장바구니를 들고 집 안으로 들어오셨다. 사납게 짖어대는 별이를 쳐다보던 어머니가 나를 향해 고개를 휙 돌리고 무슨 일이 있었느냐고 물었다.

"나도 몰라. 묻지 마."

나는 짜증을 내며 말했다.

어머니의 눈이 잽싸게 아버지 쪽으로 돌아갔다.

"또 애 건드렸어요?"

"그 개웨쌔끼부터 당장 없애버려!"

추궁하는 어머니의 입을 막을 요량이었는가 보다. 아버지는 또다시 별이에게 애꿎은 화풀이를 했다.

"애만 들볶아서 해결될 문제야?"

그렇지. 역시 어머니는 내 편이야. 나는 속으로 씨익 웃었다.

"저놈 붙어살이벌레 신세 면치 못하는 건 네가 만든 거야. 싸고돌 게 따로 있지. 대학 졸업한 지 삼 년이 지나 사 년째라고."

"아니, 자식에게 너 붙어살이벌레로 살라고 하는 어미가 어디 있다고 내 탓은 왜 하는 거야. 그런 식으로 말하자면 쟤 저러고 있는 거 유전이야, 유전! 이 집안의 남자들치고 변변한 인물 있냐. 마누라 등골 빼먹고 사는 천적들뿐이지!"

발끈한 어머니는 볼륨을 최대로 올리고 아버지에게 반격을 가했다. 아버지는 그런 어머니에게 불만의 레이저를 강하게 한번 쏘고는 다시 쾅 소리가 나도록 방문을 닫아버렸다. 나의 미취업을 이유로 사는 데 도움 될 리 없는 내전이 오늘도 발발할 조짐을 보이고 있으니 미칠 일이었다. 이러다가 지난번처럼 내전이 자체 해결 불가여서 유엔에 중재 요청하듯 법원으로 행차하는 일이 발생하는 것은 아닌지 불안했다. 불안 지수가 서서히 올라가고 있던 중이었다. 아버지의 말씀에 약이 올라버린 어머니가 안방 문을 왈칵 열어젖혔다. 아, 드디어 내전이 시작되는구나. 손으로 머리를 감싸 쥐었다. 바로 그때 귀에 익숙한, 자갈밭에 코란도 바퀴 굴러가는 소리가 들렸다.

"벌써 잠든 거야? 어이가 없네."

전쟁터에 있는 군인들도 잠든 적군은 찌르지 않는 것처럼 잠든 아버지를 보고 어머니가 방문을 닫았다. 그 장면을 본 순간 아! 감탄사가 튀어나왔다. 어머니의 다음 행동을 예측하고 있던 아버지는 잠든 척하는 방법으로 내전 발생을 차단해버리신 것 같았다. 아버지의 치고 빠지는 실력이 새삼 존경스러워지기까지 했다. 본의 아니게 내전 제공자가 되어버릴 뻔한 나는 안도의 숨을 쉬고 바닥에 떨어진 양푼을 식탁 위에 올려놓았다.

심기가 불편하다 못해 혈압까지 상승한 어머니는 소파에 앉아 뻣뻣해진 목덜미를 손으로 한참 주무른 다음에야 주방으로 가셨다. 그런 후에도 좀처럼 마음이 진정되지 않는 모양이었다. 장바구니에 담겨 있는 찬거리를 냉장고에 옮겨 넣으며 아! 하나님, 이 불쌍한 인간 간절히 기도하건대 저 천적과 이 붙어살이벌레로부터 벗어날 방법이 있다면 제발 말씀 좀 해주십시오, 하고 깊은 한숨을 내뱉었다. 내 편으로 알고 있던 어머니가 아버지에 대한 불만에 나를 덤 앤 덤으로 엮어 하나님께 구원을 요청하는 기도에는 나도 예민해지고 말았다. 돌이켜보건대 나는 죄가 없었다. 내가 붙어살이벌레로 살고 싶지 않았다는 것은 하나님이 먼저 알고 계실 일이니까. 대학 졸업과 동시에 경제적으로는 부모님에게 기생해서 살아가는 붙어살이벌레요, 사회적으로는 취업 포기, 결혼 포기, 아이 포기, 연애 포기, 사회생활 포기, 삼포를 넘어 사포, 오포의 주역으로 전락 중인 내가 얼마나 힘들어하고 있는지 누구보다 하나님이 더 잘 알고 계실 일이었다.

어머니가 집안 유전을 들먹이며 비난을 했던 아버지는 지인들에게는 분위기 메이커로 통하면서 사람 좋다는 소리 여한 없이 듣는다. 집에 있는 아버지는 전혀 그렇지 않다. 과묵과는 다른 차원에서 말이 없다. 성격이 소심한 편인 아버지는 평소에는 말이 거의 없으시다. 그렇게 지내시다가도 기분 전선에 고압 볼트 흐르기 시작하면 누전이나 합선으로 갑자기 펑하고 불꽃이 튀듯 느닷없이 감정을 폭발하는 일이 잦았다. 문제가 발생하면 오늘처럼 앞뒤 맥락 없이 화부터 폭발한다. 어머니는 그런 아버지에게 표현 장애자라는 낙인을 찍는 데 주저하지 않으신다. 나의 판단으로는 타고난 천성은 참을성제로인데 사는 일에는 참아야 하는 일이 많다 보니 달리 해소 방법을 찾지 못해 그러시는 것 같았다. 어머니는 아버지가 그러실 때마다 어이구, 내가 어쩌다 저런 인간을 만나서…… 내 인생의 천적이야, 천적이라는 말로 비난을 알차게 하신다. 조상 대대로 단명하는 비극을 막아보고자 천 살까지 살라는 뜻으로 지어주신 아버지 이름 강천명을 어머니가 강천적으로 바꾸어 부르실 때마다 돌아가신 할머니와 닮아 보였다.

할머니도 할아버지가 살아 계실 때 시상에 웬수도 저런 웬수가 없는 겨, 귀신은 뭐 하고 있나 몰러, 저런 인간 서둘러 안 잡아가고, 하며 할아버지에 대한 불만을 입에 달고 사셨다. 할머니가 말씀하신 웬수와 어머니가 말씀하신 천적이 이음동의어라는 건 분명하다. 할머니의 간청을 귀신이 정말로 들어주었는지 우연의 일치였는지 몰라도 할아버지는 겨우 환갑을 넘기고 돌아가셨다. 날이면 날마다 스트레스만 잔뜩 받고 사신 할머니가 먼저 세상을 떠나실 줄 알았는데 정반대였다.

우리 동네 횟집 주인아저씨 말에 의하면 활어를 운반할 때 수족관에 같은 어종만 넣는 것보다 천적 어종을 같이 넣으면 폐사 수가 적다고 했다. 천적에게 잡아먹히지 않으려고 쉴 사이 없이 움직이다 보니 생선 살도 훨씬 탄력이 붙어 싱싱하다고 했다. 할머니도 그랬었나 보다. 아무튼 할머니는 할아버지 돌아가신 후 신수 제대로 폈다. 평생토록 해 저물도록 논일 밭일 하면서도 때가 되면 할아버지의 밥을 차려주기 위해 집으로 허겁지겁 뛰는 일이 전부였다. 할머니는 할아버지가 돌아가시자 배우자 상속으로 물려받은 재산 외에 자식들에게 물려줘야 할 재산도 유산 포기 도장을 받아내셨다. 땅문서를 움켜쥔 할머니는 필요할 때마다 한 덩어리씩 팔아 해외여행도 심심찮게 다니시며 한풀이 제대로 하고 살다가 돌아가셨다. 할머니와 어머니가 다른 듯하면서 닮아 보이듯 할아버지와 아버지도 그랬다. 한 가지 확연히 다른 점은 할아버지는 어떤 상황에도 여필종부를 부르짖으셨지만 아버지는 어머니가 제대로 화를 낼 때는 순간적으로나마 납작하게 엎드릴 줄 아는 유연성을 보인다는 것이다. 그만만 해도 아버지가 할아버지보다는 진보했다는 증거일 것이다.

방으로 들어온 나는 아버지의 말처럼 붙어살이벌레 인생—회충약 먹고 똥구멍 빠져나온 회충처럼 죽은 듯이 침대에 누워버렸다. 폼나게 할 일이 없으면 생각만이라도 폼나게 해봐야 하는데 자폭 직전의 참담한 모습만 환기되어 짜증이 제대로 났다. 내가 뭘 잘못했는지 생각해봤다. 이류 대학이지만 학점 제대로 받아가며 공부했다. 취업에 필요하다는 토익 점수도 챙겼고 이런저런 자격증도 땄다. 그렇게 사 년 동안 나름 열심히 공부해 졸업한 죄밖에 없다. 그런 다음 이력서 열심히 써서 제출했으나 오라는 곳이 없었다. 그것이 스물여덟

살의 찬란한 청춘을 한숨 폭발할 일밖에 없는 참담한 인생으로 만든 원인이자 내가 붙어살이벌레 인생이 되어버린 배경의 전모이다.

아버지는 내심 기대하기를 아들인 내가 개천에서 난 용이기를 바라고 용주라는 이름을 지었다고 하셨다. 흔하게 하는 말이지만 요즘 서울에는 개천이 없다. 그러니까 나올 용도 없다는 말에 완전히 동감하는 쪽이다. 오늘도 아버지는 한잔 걸친 술의 힘을 빌려 취업 못한 나를 한심한 인간 취급하면서 불만을 폭발하셨지만 따지고 보면 나만 탓할 일은 아니었다. 우리 사회에서 될 놈 안 될 놈의 선별은 당사자의 능력 플러스 부모의 영향력이 상당 부분 작용한다. 이런 취업 불황 시대에도 기업체들이 알아서 모셔가는 명문대 출신들에게 부모의 프로필과 경제력이 어떤지 물어봐라. 부모 찬스가 얼마나 큰지를…… 그런 만큼 내 인생 이렇게밖에 풀리지 못한 건 결코 내 탓만 할 일은 아닌 것이다. 대학 졸업장만 있으면 회사를 골라가며 취업할 수 있었던 호시절을 지내온 아버지로서는 이해하기 힘들겠지만 말이다. 희망이 실망으로 변하고, 실망이 절망으로 악화된 지금 아버지는 나만 보면 사기라도 당한 것처럼 불만을 강하게 표하시지만 나로서는 보란 듯이 인생을 역전시킬 수 있는 처방전이 없다. 해가 갈수록 기업들이 뽑는 신규 취업자의 수가 줄어들고 있으니까.

2

그렇다고 지금껏 내가 고스란히 붙어살이벌레로만 산 것은 아니었다. 최저임금을 받으며 이곳저곳에서 짧게 알바도 했다. 그때도 아버지에게 취직도 못한 놈이라는 구박을 받는 일이 힘들어 취업정보 게시판에 이력서를 올려보았다. 연락이 오는 곳 대부분 개인정보를 빼 오라는 등, 이상한 일을 하는 곳뿐이었다. 여기도 아니구나. 취업 정보도 얻을 겸 이 사람 저 사람을 만나고 돌아다니던 중에 고교 시절 알게 되었던 선배를 만났다. 보자마자 뭐 하냐고 물었다. 빌빌대고 사는 내 속사정을 솔직하게 털어놓았다. 선배는 자신도 이력서 무지하게 썼지만 결국은 포기하고 캐피털 회사에서 영업을 뛰고 있다고 했다. 연봉이 얼마냐고 물었다. 연봉 같은 건 없고 실적 올리는 대로 수당을 받는데 이번 달에는 칠백만 원을 찍었다고 말했다. 수당 칠백만 원이라면 대기업 공채 출신이 부럽지 않은 액수가 아닌가. 귀가 솔깃했다. 관심을 보이자 선배는 지점장에게 연결시켜주겠다고 했다.

다음 날 선배가 소개한 캐피털 회사에 이력서를 넣었다. 일주일 만에 교육받으라는 연락이 왔다. 한 달 동안 연수도 받았다. 곧바로 팀 배정을 받았다. 그랬는데 출근 첫날부터 실망 백배였다. 알고 보니 실적 좀 올린다는 직원들은 보험회사

다니다가 노선 갈아탄 아줌마들이 대부분이었다. 내가 속한 팀의 팀장도 보험회사에서 영업 뛰다가 온 마흔 중반의 아줌마였다. 보험회사에서는 소비자가 공급자이고 영업사원이 소비자라고 했다. 보험은 계약 체결할 때 영업사원이 소비자에게 애걸하는 입장이지만, 캐피털 회사는 영업사원이 공급자이고 소비자가 수급자가 된다고 했다. 그래서 소비자가 영업사원에게 애걸하게 되므로 보험회사보다는 일하기가 한결 쉽다고 했다. 팀장 아줌마의 그런 말에 그렇다면 해볼 만하겠구나 싶어 자신감 회복하고 열심히 뛰어보기로 했다.

지난겨울 날씨는 좀 추웠나. 영하의 추위에도 불구하고 새벽 여섯시만 되면 지하철역 앞에 서서 내 이름과 휴대전화번호 찍힌 선물을 나눠주며 대출 전단지를 뿌렸다. 오전 아홉시가 되면 회사로 들어와 오후 다섯시까지 꼼짝없이 책상에 앉아 스팸 전화를 넣었다. 그때 입버릇 사나운 사람에게 걸리면 욕설을 쓰나미로 듣는다. 이 씨펄 개새끼 이딴 전화 한 번만 더 해라. 어쩌고저쩌고…… 받기 싫은 전화면 그냥 끊어버리면 될 것을 전화기 붙잡고 악착같이 욕설 퍼부어대는 건 무슨 심보인지 알 수 없었다. 하긴 나도 스팸 전화가 오면 짜증부터 난다. 그런 내가 반대로 스팸 전화를 돌리고 있었으니 기가 찰 일이었다.

고생한 보람이 있어 마침내 한 고객으로부터 대출 상담을 원하는 전화를 받았다. 살다가 참 별 웃기는 이름도 다 있었다. 의뢰 고객의 이름인즉 구들장이었다. 가명인 줄 알았는데 실명이었다. 웃느라고 허리 부러지는 줄 알았다. 가게 보증금 하려고 급하게 대출받는 건수였는데 한도 조회해보니 대출이 가능했다. 원하는 액수를 대출해주었다. 수당으로 백오십만 원을 받았다. 그 후로는 2개월이 지나도록 계약을 한 건도 못 했다. 전국 실적 순위 명단이 실시간으로 올라가고 있는 회사 전광판에 뜬 내 실적은 최하위였다. 조회 때마다 그 바닥에서는 매월 거금을 수당으로 챙겨 가는 베테랑 팀장 아줌마가 나를 족쳐대었다. 수당 그만큼 챙겨 가려면 그 밑에 있는 나와 같은 영업사원들 무지하게 족쳐야 가능하다. 나이 마흔 중반의 아줌마가 입만 열면 이런 씨파알 인간들 좀 보게나, 해오라는 계약은 한 건도 못하고 온종일 어디 처박혀 있다가 빈손으로 기어 들어오는 거냐 하며 18공탄 총알을 무지막지하게 발사해대었다. 팀원들은 그 아줌마의 이름이 한지영인 것을 빗대어 한지랄이라고 불렀다. 어떻게 하면 실적을 좀 올려볼 수 있을까. 실적 좀 올린다는 사원들에게 노하우를 전수받고자 술값을 좀 썼다. 그렇게 해서 배운 노하우란 게 이런 것이었다. 오백만 원이 필요하다고 하는 사람에게 천만 원을 쓰게 해 더 큰 빚쟁이 만들어주는 것이었다. 그 돈 못 갚고 돌려막을 돈을 또 빌리러 오면 그다음에는 이천만 원 쓰게 해 더 큰 빚쟁이 만들어주는 것이란다. 그래야만 수당을 한 푼이라도 더 챙겨 받을 수 있기 때문이라고 했다. 또 한도 조회해서 대출 불능인 사람들은 그곳 캐피털 회사보다 등급이 낮은 금융권을 소개해주고 소개료를 받아먹는 방법도 있다고 했다. 캐피털 회사를 통해 대출을 받으려는 사람들 대부분은 은행에서 빌릴 만큼 빌렸고 갚을 능력이 없다. 그 돈 못 갚으면 회사에서 다 알아서 추심 전문하는 곳으로 넘긴다고 한다. 그 후 추심사로 불리는 해결사에게 인생 잡혀 장기 포기 각서를 쓰건 말건 그건 개인 사정이란다. 그러니까 휴머니즘 정신 같은 건 토막 쳐서 강물에 던져버리고 실적을 위해서 투신할 때만 이 바닥에서 생존이 가능하다는 것이다. 그걸 모르고 나는 회사에서 표면적으로 내세우는 이자보다 실제 이자는 몇 프로 더 높으니까 그건 알고 쓰시라고 일일이 세심하게 다 설명해주었다. 남들이 욕하는 돈장사이긴 하지만 최소한의 정직성은 있어야 신뢰도를 높일 수 있을 거라고 여겼기 때문이었다. 알고 보니 그것이 실적 순위 전국 최하위가 된 지름길이었다. 하지만 내 수당 벌자고 고객들을 더 깊은 늪으로 밀어 넣는 그런 짓은 차마 할 수 없었다. 내게도 모름지기 인간은 이렇게 살아야 한다는 원칙이 있었으니까. 회사에서는 보다 유능한 사기꾼으로 성장해주기를 간곡히 바라고 있었지만 그럴 수 없었다.

밤마다 이상한 꿈을 꾸었다. 칠흑 같은 어둠 속에 서 있는데 등 뒤에서 화살이 빗발쳤다. 화살을 피해 정신없이 달리던 중 아아악 비명과 함께 앞으로 푹 고꾸라졌다. 상어 이빨처럼 날카로운 철제 덫에 발목이 물려 있었다. 피가 철철 흐르는 발목을 부여잡고 신음하다가 잠에서 깨곤 했다. 그 스트레스를 더는 견딜 수 없어 회사를 떠나기로 했다.

"강용주, 내가 너를 다른 자리에서 만났다면 인간성 좋은 놈으로 친구하자 했을 것 같다. 독기와 살기로 자신을 충전하지 않으면 살아남기 힘든 이런 곳에서 너처럼 맑은 영혼을 만났다는 게 유감일 뿐이다. 그동안 수고했다."

마지막 출근을 했던 날 평소 지랄발광으로 폭언을 일삼던 한 팀장 아줌마가 내 어깨에 손을 얹고 그렇게 말했다. 나는 속으로 악어야, 너 같은 친구는 필요 없으니까 잘 먹고 잘 살아라, 한마디를 중얼거리고 사무실을 나왔다. 그로부터 3개월이 지난 지금 다시 이력서를 쓰고 있지만 오라는 곳이 없었다.

3

시간이 갈수록 우울감만 비 오는 날 죽순처럼 자라고 있다. 응급조치가 필요하다. 도세나를 떠올렸다. 그녀는 초등학교 동창생으로 동물병원에서 개털 깎는 애완견 미용사이다. 그녀를 만난 것은 캐피탈 회사를 그만둔 직후였다. 날씨가 더워지면서 뭉텅이로 빠지는 별이의 털을 깎기 위해 동네 골목에 있는 애완견 미용실에 갔다. 별이의 털을 깎은 후 계산을 하던 중이었다.

"혹시 강용주?"

나를 알아보고 이름을 묻는 바람에 깜짝 놀랐다.

"나, 도세나인데 기억하지?"

"도, 세, 나?"

"점심시간에 도시락 반찬으로 가지고 온 내 참치캔 뚜껑 따주다가 손가락 크게 베여 피가 났었잖아?"

맞다, 도세나. 그녀의 외모가 그때보다 너무 많이 예뻐져서 미처 알아보지 못했던 것 같았다. 지금도 엄지와 검지 사이에 하얗게 남아 있는 흉터를 들여다보고 있을 때였다.

"너 회사 어디 다녀?"

도세나가 나를 빤히 쳐다보고 물었다.

"취직 못했어."

"요즘 대학 졸업하고도 취업 못한 청춘들이 한둘이 아니기는 하지만 그래도 어떻게 된 게 우리 동창생들 중에는 취업한 애들이 한 명도 없냐."

도세나가 실망의 기색이 역력한 얼굴을 하고 말했다.

그랬다. 내 친구들 중에는 전공과 관련한 일을 할 수 있는 회사에 취직한 녀석은 없었다. 아직도 갈 곳을 찾아 나처럼 방황을 하는 중이 아니면, 비정규직으로 취업을 했다가 일 년이 지나 백수가 되어버린 친구들만 있었다. 아니면 고시원에 처박혀 공무원 시험 준비하고 있거나 장사하는 제 아버지 밑에 기어들어가 있기도 했다. 나처럼 전공이 인문학인데 강남에서 횟집 하는 아버지 밑에서 회 뜨는 것을 배우고 있는 두욱이, 왕십리에서 곱창구이집 하는 아버지 밑에서 곱창 손질하는 것을 열심히 배우고 있는 우석이는 그래도 부러움의 대상이었다.

그날 이후 도세나가 자주 나를 불러냈다. 둘이 치킨집에서 맥주를 마시고 있던 날이었다. 도세나가 내가 집은 날개를 잽싸게 빼앗아 입에 넣고 씹으며 사귀고 있는 여자 친구 있느냐고 물었다. 캐피탈 회사를 그만두기 전까지는 민아와 사귀고 있었다. 민아는 정말 예뻤다. 성격도 싹싹했다. 그런데 실망스럽게도 명품 중독자였다. 캐피털 회사에서 한겨울 닭 발바닥에 땀띠 날 만큼 뛰고 있던 어느 날 민아가 전화를 했다. 자기도 대출받을 수 있느냐며 알아봐달라고 했다. 대출받아서 어디에 쓰려고 하느냐고 물었더니 민아는 명품 신상 나온 거 봐둔 게 있어서 사려고 한다고 했다. 민아의 말로는 사용이 아닌 투자 목적이라고 했지만, 믿을 수 없었다. 명품에 눈독 잔뜩 들이고 있는 이런 여자 마누라 삼았다가는 평생 쪽박 신세 면치 못하겠다는 생각이 번쩍 들었다. 그동안 민아를 사랑하는 것도 같고 아닌 것도 같았던 연애 감정이 구멍 난 비닐봉지에서 물이 새듯 쫙 새어 나가버리고 말았다. 그날 이후 세 번 하던 연락 두 번 하게 되고, 두 번 하던 연락 한 번 하게 되고, 그러다가 연락을 아주 끊었다. 민아도 취업도 못하고 있는 나 같은 남자는 헤어져도 아쉬울 것 없다고 여겼는지 연락을 끊었다. 도세나에게 민아 이야기를 하니 입고 있던 티셔츠에 묻은 개털을 손가락으로 떼어내면서 제 출신부터 생각해야지, 명품만 쓴다고 명품 인간이 되느냐고 비웃었다. 타고난 출신이 명품이어야 한다는 도세나의 말에 백 프로 동감이었다. 외모 차원에서 볼 때 도세나는 민아보다 저급이지만 사고 차원에서는 훨씬 고급하다는 것을 증명해 보인 그 한마디에 안도감이 들었다. 그렇게 민아와 헤어지게 된 이야기를 들은 도세나는 모기보고 대포 쏘니 잘 헤어졌다고 했다. 나는 도세나의 말에 또 한 번 감탄하고 말았다. 민아의 명품 중독이 그렇게 심한지 몰랐을 때는 알바를 해서 번 돈이 모자라면 어머니에게 손을 벌려 얻어낸 돈을 합쳐서까지 민아에게 시시때때로 명품을 갖다 바쳤다. 그중에는 짝퉁도 좀 있었다. 나처럼 태생적으로 영악함과 거리가 먼 어리버리한 인간은 생의 대부분을 모기에게 대포 쏘며 살아왔다는 걸 도세나가 집어내자 갑자기 마음이 이상해지기 시작했다. 이 마음은 뭐지? 뭐지? 속으로 묻다가 도세나에게 사귀고 있는 남친이 있느냐고 물었다. 도세나는 한숨부터 쉬었다. 개털 깎아 번 돈으로 밥 사주고, 술 사주고, 취직되었다고 해서 양복까지 사준 남자 친구가 있었다고 했다. 괘씸하게도 도세나 모르게 친구와 양다리 걸치고 있다가 취직되니까 그만 만나자고 해 지금은 헤어진 상태라고 했다. 듣고 보니 도세나도 나처럼 모기에게 대포를 적잖이 쏘아댄 것 같았다. 아무리 돈 써봐야 갈년 가듯이, 아무리 돈 써봐야 갈 놈도 간다는 생의 비정함을 몸소 겪은 딱한 인생이 나 말고 또 있었구나. 도세나에게 동포애를 넘어 이성애를 느끼기 시작했다. 삶이 그대를 속여도 슬퍼하거나 노여워하지 말라. 슬픔의 날을 견디면 기쁨의 날이 오리니…… 내 딴에는 도세나를 위로한답시고 시 낭송까지 했는데 건성으로 듣고 있던 도세나가 오백 시시 맥주를 주문했다. 한 잔, 두 잔, 세 잔, 물 마시듯이 맥주를 벌컥벌컥 들이켜던 도세나의 눈동자가 풀리더니 혀 꼬부라지는 소리를 내기 시작했다. 조짐이 좋지 않았다.

"사랑이 뭐냐?"

도세나가 얼굴을 내 코끝에 바짝 대고 혀 꼬부라진 소리로 물었다.

"쟁취!"

닭다리 한 개를 잽싸게 집은 내가 말했다.

"갈취!"

도세나가 눈에 눈물을 그렁그렁 매달고 맞받아쳤다.

"한때 좋지 못한 경험이 있었다고 해서 신성한 사랑 자체를 모독하는 우를 범하지는 말자. 진실한 사랑은 세상의 모든 오염물들을 새것으로 거듭나게 하는 신성한 능력이 있으니……"

닭다리를 씹으며 목사님처럼 말했다. 도세나는 아직도 양다리를 걸치고 있던 남자 친구에 대한 미련이 남아 있는 것 같았다. 눈물을 뚝뚝 흘리며 나쁜 새끼라는 말을 반복했다. 남자이건 여자이건 술 마실 때 우는 사람을 제일 싫어하는 나는 소리까지 내며 울까 봐 마음이 조마조마했다.

"나쁜 새끼야. 네가 얼마나 잘 사는지 내가 두고 볼 거야. 아빠! 보고 싶어."

우려에도 불구하고 도세나는 교통사고로 돌아가신 아버지까지 찾으며 서러운 울음을 터트리고 말았다. 사람들의 시선이 일제히 내게로 쏠렸다. 당황하지 않을 수 없었다.

"야, 쪽팔리게 그렇게 큰 소리로 울면 어떻게 해."

급히 도세나의 울음을 막아보려고 닭다리를 집어 그녀의 입안으로 밀어 넣었다. 도세나가 내 손을 탁 쳐내고는 입에 있는 닭다리를 빼서 손에 들더니 자리에서 벌떡 일어났다. 주변을 쓰윽 돌아본 도세나가 갑자기 「She's gone」을 부르기 시작했다. 평소에는 무지 얌전했던 도세나가 이런 난동을 부릴 거라고는 상상조차 해본 적이 없었다. 미치고 팔짝 뛸 일이었다. 손님들은 내가 도세나를 울린 건달로 보이는지 심하게 째려보았다. 황급히 일어나 술값을 계산하고 도세나를 끌고 치킨집을 나왔다. 주머니를 털어보니 도세나를 태워 보낼 택시비 정도는 있었다. 택시를 잡아 도세나를 태워 보냈다. 시간은 어느덧 자정이었다. 지하철도 끊겨버렸는데 남은 돈은 한 푼도 없었다. 꼬박 한 시간을 걸어서 집으로 돌아가면서 앞으로 도세나 너랑은 다시는 술 안 마신다, 이를 박박 갈았다. 그랬어도 다음 날 저녁 도세나가 불러내자 후다닥 차려입고 집을 나갔다. 24시간이 채 지나지 않아 다시 만난 그녀는 지난밤 주정에 대해 기억나는 것이 하나도 없다고 했다. 헤어진 남자친구에게는 눈곱만큼의 미련도 없다는 말도 했다. 그다음 날 만났을 때도 도세나는 얌전한 모습으로 개털만 열심히 깎았다. 모든 현대인의 자아는 분열되어 있다는 어느 철학자의 말처럼 도세나도 그런 모양이었다.

침대에 누워 내장 속의 기생충처럼 꿈틀대고 있던 나는 도세나에게 전화했다.

"뭐 해?"

"너는 뭐 해?"

내가 묻는 말은 그냥 씹어버리고 도세나가 되물었다.

"원양어선이나 탈까 생각 중이다. 소말리아 해적에게 납치되면 SOS 칠게."

나는 너스레를 떨며 헛웃음을 킬킬거렸다.

"근데 너 무슨 일 있었어? 목소리가 왜 그러냐."

눈치 하나는 기차게 빠른 도세나의 지적에 나도 모르게 헉 소리가 튀어나왔다.

"사실은 아버지에게 취업 못하고 있다고 한소리 단단히 듣고 맥이 빠져 있는 중이야."

이실직고했다.

"맞는 말로 정곡을 찌를 때가 기분 더 비참해지는 법인데…… 아버지도 타인에 대한 이해 없이 당신 말만 옳다고 우기는 꼰대이신가 보구나. 나도 그런 어른은 싫은데……"

도세나가 아버지를 비난했다.

"우리 아버지 꼰대 기질이 문제가 아니라 조상들 중 변변한 명함 가진 사람 하나 없는 집안에서 태어난 나도 그 DNA가 유전된 건 아닐까 하는 불안감에서 비롯되는 문제 같아."

사실을 인정하자니 아버지가 불쌍하게 여겨졌고, 아니라고 하자니 진실이 내려다보고 있는 것 같아서 반은 아버지를 까고, 반은 아버지를 두둔하면서 대답했다.

"아무리 그래도 요즘같이 취업이 어려울 때 아버지가 아들

취직 못했다고 그렇게까지 구박하는 건 너무하는 거 아냐."

도세나가 다시 아버지를 비난했다.

"남이라면 나한테 이래라저래라 하겠냐. 내가 평생 붙어살이벌레로 생을 마감할까 봐 그런 거겠지."

아버지를 두둔하면서도 몸에서는 힘이 쫙 빠지고 있었다. 상상 속의 나는 세계를 누비는데 눈을 뜨고 보는 나는 붙어살이벌레에 지나지 않는다는 이런 존재감이야 말로 비참 그 자체였다. 모로코 해변에서 폭양에 머리가 회까닥 돌아 묻지 마 살인을 한 뫼르소가 절로 이해되었다. 도세나를 상대로 쪽팔리는 넋두리만 늘어놓고 있는 나 자신이 싫은 나머지 긴 한숨이 절로 나왔다. 아! 하고 내뱉은 내 긴 한숨 소리에 도세나가 연민을 느낀 모양이었다. 자학 그만하고 술 사줄 테니 나오라고 했다. 마음은 한잔이 간절했지만 유혹에 덥석 빠지기에는 염치가 없었다. 나 같은 붙어살이벌레에게 어느 세월에 본전 회수하겠다고 또 술을 사주겠다고 하느냐고 거절하는 척했다. 도세나는 내가 모기보고 대포 쏘는 짓을 한두 번 했니, 그게 내 팔자라면 할 수 없지 않느냐며 만날 장소까지 말해주었다. 못 이기는 척하고 도세나가 말한 장소로 나간 나는 술을 왕창 먹고 아주 뻗어버렸다.

4

민아가 청첩장을 보냈다. 기분이 정말 괴상했다. 가슴을 떨
며 좋아했던 여자도 아닌데 차버리자마자 누가 냉큼 집어간
다니까 배신감이 들었다. 요즘 청춘들은 러시아워의 지하철
배차 간격만큼 빠르게 상대가 바뀐다고는 하지만 기분이 정
말 씁쓸했다. 이런 청첩장 굳이 보내지 않아도 예의에 어긋나
는 일이 아닐 텐데 보낸 이유가 뭘까. 너 날 우습게 봤지, 나
찬 것 후회할걸. 이런 의도가 다분히 포함되어 있는 것 같았
다. 중요한 것은 이미 떠나버린 열차에 쓸데없는 배신감만 느
끼고 있을 때가 아니라는 것이다. 러시아워 지나 한가한 낮
시간 되면 지하철 배차 간격도 길어지듯 나이 들면 인연의 배
차 간격도 길어지기 마련이었다. 다음 열차라도 놓치지 않으
려면 서둘러야 할 것 같았다. 스물여덟을 넘어 서른이 지나도
록 제 인생 주체 못하고 빌빌대고 있는 청춘들을 위안 삼으며
방심하고 있는 사이에 여자 친구들은 하나둘 청첩장을 보내
고 있었다. 도세나도 나와 동갑인 스물여덟 살이다. 내가 사
려고 점찍어둔 물건을 누가 앞서 가로채 가는 불쾌한 사태가
발생하지 않으려면 대책이 필요했다. 민아가 보낸 청첩장으
로 압박감을 제대로 받은 나는 취업 문제에 대해 보다 현실적
인 시각에서 심사숙고해보기로 했다. 전공에 맞는 직장을 구

해보려고 애썼으나 현실적으로 내가 원하는 곳은 취업문이 점점 더 좁아지다 못해 올해는 아예 신규 직원 채용 공고도 내지 않기로 했다는 뉴스 보도를 보았다. 없는 일자리 찾느라고 세월만 보내고 있을 일이 아니었다. 눈높이를 낮추어 찾아보다가 그마저도 허락이 되지 않으면 택배라도 들고 뛸 수밖에 없다는 결심을 한 나는 다음 날 새벽에 자전거를 끌고 나왔다.

새벽 바다 위로 장엄하게 솟아오르는 일출과 고래를 상상하며 자전거 페달을 밟기 시작했다. 바다에 도착하려면 아직 멀었다. 그런데도 페달을 밟는 허벅지가 터질 것처럼 아파지기 시작했다. 내가 왜 이 짓을 해야 하나? 회의가 파도처럼 밀려왔다. 하지만 여한 없이 듣고 살았던 물 찬 제비로 돌아갈 수만 있다면, 붙어살이벌레로 전락해버린 나의 더러운 존재감에서 벗어날 수만 있다면, 무엇인들 못할까. 나는 8월의 뜨거운 폭양 아래에서 이를 악물고 페달을 밟고 또 밟았다.

미로

망막에 새 한 마리가 달라붙어 떨어지지 않고 있다. 지난밤 꿈에서 본 새였다. 그 깊은 산속까지 왜 갔는지 모르겠다. 길을 잃고 헤매고 있었다. 어디선가 불쑥 새 한 마리가 나타났다. 긴 꽁지깃을 갖고 있었으며 깃털 색이 아주 화려했다. 공작새와 비슷한 화려한 깃털 색깔에 유혹을 느끼고 손을 허공으로 뻗어 올렸다. 신기한 일이 일어났다. 새가 손등에 사뿐히 내려앉더니 눈을 맞추기까지 했다. 흥분으로 심장이 쿵쾅거렸다. 새가 날아갈까 봐 다른 한 손으로 조심스럽게 새를 움켜쥐었다. 그런데 이게 웬일인가. 손을 펼쳐보니 깃털이 숭숭 빠져 보기 흉한 까만 새만 있었다. 으으윽, 이게 뭐야. 놀라 비명을 지르다가 눈을 떴다.

이건 또 무슨 징크스인가? 그가 새 꿈을 꿀 때마다 모종의 사건이 발생하곤 했었다. 소원했던 일이 이루어지거나, 반대로 뜻하지 않게 안 좋은 일이 일어나기도 했다. 6년 전 공채 전형 입사 지원서를 넣고 합격 소식을 기다리고 있을 때도 새 꿈을 꿨다. 까치 한 마리가 고욤 같아 보이는 작은 열매 한 알을 물고 와서 손에 떨구어주고 날아갔다. 그날 오후 입사 지원서를 냈던 회사에서 보낸 합격 메일을 받았다. 외할아버지가 돌아가시기 전날에도 새 꿈을 꿨다. 백로 한 마리가 집 안으로 들어와 외할아버지를 물고 하늘로 날아갔다. 다음 날 중환자실에 입원 중이던 외할아버지가 돌아가셨다. 그런 후로는 새 꿈을 꾸면 반드시 어떤 일이 일어난다는 징크스를 갖게 되었다. 지난밤 꿈에 본 까만 새는 또 뭘 암시하는 징크스인지 불길한 생각이 들었다. 무시하고 잊어버리려고 애쓸수록 까만 새는 망막에 더 찰싹 달라붙었다.

그는 5개월 전 6년을 다녔던 회사에 사표를 내던지고 백수가 되었다. 그런 후 제일 먼저 한 일은 아프리카 텔레비전에서 1인 방송을 개설한 것이었다. 게임을 중계하는 BJ가 되었다. 1인 방송에서 활약하는 BJ들의 수입원은 회원들이 쏘아주는 별풍선이다. 한 달에 수천만 원씩 수입을 올리는 사람들도 꽤 있다고 들었다. 그가 개설한 1인 방송은 회원이 그리 많지 않아서 아직 수입은 별로였다. 오늘은 어떤 콘셉트로 방송을 할까, 구상 중이었다.

현관문이 열리고 닫히는 소리가 들렸다. 그런 후로는 집 안 어디서도 인기척 없이 조용한 걸 보아 어머니가 외출을 하신 것 같았다. 그는 아직도 이 고요함이 낯설기만 했다. 불과 5개월 전까지만 해도 대기업 계열사인 한 유통업체에서 팀장으로 근무했었다. 퇴사를 하지 않았다면 이 시간 쿵쾅쿵쾅 신나는 댄스 음악이 흐르고 있는 매장에서 고객을 상대로 제품 상담에 여념이 없을 것이다.

입사 6년 만에 부장 승진을 앞두고 있던 시점에서 유감스럽게 사표를 써야 하는 일이 발생했다. 고 지점장 때문이었다. 연말 인사이동에서 승진을 못하면 퇴사를 해야 할 위기에 처해 있던 고 지점장이 날이면 날마다 매장 직원들에게 가하는 매출 압박은 이만저만이 아니었다. 시달림 끝에 공황장애를 얻었다. 호흡 곤란 증세와 함께 가슴을 쥐어짜는 것 같은 극심한 통증으로 쓰러지고 말았다. 동료의 부축을 받고 병원으로 갔다. 그를 진료한 의사는 내과적으로는 아무런 문제가 없다고 했다. 소견을 덧붙이기를 통증의 원인이 아무래도 정신과와 관련이 있어 보이므로 상담을 받아보았으면 좋겠다고 했다. 그때만 해도 자신의 정신 상태는 누구보다 건강하다고 자부하고 있어서 의사의 소견을 무시했다. 하지만 극심한 통증이 주기적으로 반복되었다. 결국 정신과를 찾았다. 의사의 진단은 공황장애였다.

"공황장애는 심각한 정신병인가요?"

선뜻 받아들이기 힘들어 그렇게 물었다.

"누적된 스트레스로 인해 불안감과 분노가 상승하면서 생기는 정신병이죠. 서비스를 주업무로 하는 유통업체 직원들을 포함해 감정노동 종사자들에게 흔히 발병하는데요. 환자 분의 증상은 초기에 속하는 가벼운 것으로 마인드 컨트롤만 잘해도 상당히 완화시킬 수 있습니다."

의사가 처방해준 약을 들고 집으로 갔다.

되돌아보면 입사 후 보낸 지난 6년은 인내의 한계를 느낄 만큼 극심한 스트레스의 연속이었다. 하루하루 정상을 향해 바윗돌을 굴려 올리지만 꼭대기에 이른 순간 다시 아래로 굴러떨어지고 마는 시시포스의 형벌 같았다. 명함만 번듯한 재벌 회사 직원일 뿐 쥐꼬리 같은 월급에 청춘을 저당 잡히고 밤 열시가 되도록 시달리는 일이 매일 반복되었다. 그뿐만 아니었다. 하루에도 몇 번씩 온갖 진상을 부리며 갑질을 해대는 악질 고객들의 횡포까지 고스란히 감당해야 했다. 회사에서는 고객들을 상대로 일어나는 모든 문제에 대해 기본적인 매뉴얼도 없이 무조건 직원들이 잘못했다고 빌 것을 강요했다. 그건 대기업 LH의 유니폼을 입고 있는 직원이라면 무조건 이행해야 하는 의무 사항이었다.

여자 친구는 공식적인 휴일일수록 더 바쁘고 퇴근 시간마저 늦는데다 어쩌다 만난 자리에서는 피곤한 기색만 보이는 그를 이해하지 못했다. 불만 수위를 높여가더니 결국 떠나버렸다. 설상가상으로 지점장의 성향에 따라 달라지는 매장의 분위기는 갈수록 최악이었다.

"이 바닥에서는 진짜 잘난 인재들은 답답하고 더러워서 못 해먹겠다고 제풀에 진작 나가떨어지고, 대신 어부지리로 자리를 꿰찬 자들이 승승장구를 하게 되어 있지. 그렇게 임원이 된 작자들이 창의적으로 할 수 있는 일이 얼마나 있겠어. 자기 패거리를 만들어 조직적으로 비리를 저지르고, 부하 직원을 실적을 올리는 수단으로만 이용하다가 용도가 다 되었다 싶으면 낡은 부품처럼 빼서 버리는 소모품 취급만 하고 있지."

업무를 마치고 동료들과 술잔이라도 기울일 자리가 만들어지면 이구동성으로 쏟아내는 불만이었다.

회사의 시스템은 2년을 주기로 매장을 순회하면서 근무하도록 되어 있었다. 6년의 재직 기간 동안 매장 세 곳을 옮겨 다녔다. 처음 발령받은 매장에서 만난 상사는 견 지점장이었다. 성이 견씨였던 그 지점장을 판매사원들은 실적에 미친 도사견이라고 빗대어 불렀다. 별명만큼 승부욕이 대단했다. 할당된 매출 목표를 달성하기 위해 무조건 돌격을 외치는 꼴통이었다. 연말 인사이동에서 상무 승진을 노리고 부하 직원들을 경마장의 경주마로 취급했다. 전국 지점 평가에서 매출 순위 3등 밑으로 떨어지는 달이 한 번이라도 발생하면 전부 살처분시켜버리고 말 것이니까 각오하고 뛰어라, 아니 뛰는 걸로는 안 된다, 달려라, 목숨을 걸고 미친 듯이 달려라, 하고 매출 달성을 압박했다. 부하 직원들을 향해 으르렁거리는 그 모습이 미친 도사견을 연상시켰다. 도를 넘는 압박은 그에게만 아니라 매장 직원 모두에게 극심한 스트레스로 작용했다. 입사할 때 그가 대기업 LH에 기대하고 있던 직장 생활은 결코 그런 것이 아니었다. 그런들 어쩔 수 있는가. 사자도 제 먹이를 사냥할 때는 몸을 낮춘다고 했으니까 달리고 또 달릴 수밖에 없었다. 그렇게 하여 그해 연말 전국 매장 7백여 곳 중에서 종합 순위 3위를 달성했다. 견 지점장은 연말 인사이동에서 상무로 승진해 의기양양하며 본사로 들어갔다. 그도 팀장으로 승진해 다른 매장으로 갔다.

두번째 매장에서 만난 상사는 구 지점장이었다. 성품이 좋아 채찍보다 당근을 사용하는 스타일이었다. 덕분에 숨 쉴 여유가 있어 좋은 관계로 지낼 수 있었다. 아이러니하게도 좋은 성품과 매출은 반비례했다. 전년 대비 매출 실적이 급감했다는 이유로 직위는 같은 지점장이나 매장 소재지가 수도권에 있어 사실상 좌천이나 다를 바 없는 발령을 받았다. 그도 승진은 못하고 팀장 직책 그대로 매장만 옮겼다.

세번째로 옮긴 매장에서 만난 상사가 고 지점장이었다. 현장에서 말단 판매사원으로 시작해 깡다구 하나로 지점장 지위까지 오른 사람이었다. 고 지점장은 부하 직원들을 경주장의 경주마로 취급하는 정도로는 양이 차지 않아 했다. 부하 직원이란 말 등에 올라타고 앉아 채찍을 사정없이 휘두르는 스타일로 리더십 최악의 저질이었다. 매출 실적이 좋지 않은 날은 매장 직원들에게 가판이라는 편법까지 종용했다. 고 지점장 밑에서 지내는 동안 어쩔 수 없이 뗀 가판 전표가 수십 장이었다. 그 금액은 퇴사한 지금도 갚아야 하는 빚으로 남아 있었다.

　입사 초기 밝고 명랑했던 그의 모습은 온데간데없고 가슴이 분노의 저장고로 변해버렸다. 하루에도 몇 번씩 욱하고 치밀어 오르는 화에 뒷골이 당기기 일쑤였다. 그럴 때 마인드 컨트롤에 실패를 하면 숨을 쉬기 힘들어지면서 가슴 통증이 찾아왔다. 매장 앞 은행잎이 노랗게 물이 들어가던 가을, 꼭 이렇게 살아야 하나, 이 길 외에 다른 길은 없을까, 회의가 걷잡을 수 없이 엄습했다. 형은 어디서 무엇을 해도 운이 최고로 따라주며 술술 풀렸다. 형과 달리 그는 어디서 무엇을 하건 최선을 다함에도 불구하고 최악의 상황과 직면하는 일이 잦았다. 그 연유가 능력 부족 때문인지 타고난 운명 때문인지 정말 알 수 없었다.

공황장애가 발병한 후 고 지점장과 그의 관계는 최악으로 치달아 피차 대립각을 날카롭게 세우고 있었다. 고 지점장과 판매사원 사이에서 중간 역할을 하는 그가 누구의 편에 서주느냐 하는 것은 매우 중요한 일이었다. 표면적으로는 매장의 분위기를 장악하는 일의 우위에 있는 사람은 지점장이었다. 실제로는 달랐다. 그가 하기에 따라 판매사원들에게 힘을 실어줄 수도 있었다. 그는 고 지점장의 도를 넘는 채찍질과 불법 지시를 참지 못하고 판매사원들의 편에 서버렸다. 자력으로 판매사원들을 통제하는 일에 무리를 느낀 고 지점장은 그를 비난하다 못해 심한 욕설까지 퍼부었다. 그 일이 그의 심기를 극단적으로 자극하고 말았다. 매출이 저조한 날 가판을 압박하는 눈치를 주어도 들은 체 만 체했다. 고 지점장이 부하 직원을 통제하는 수단으로 자주 써먹는 수법은 만만한 말단 사원 하나를 찍어 공포심을 조장해가며 족치는 것이었다. 그럴 때마다 부하 직원의 편을 들어 고 지점장의 체면을 난처하게 만들어버렸다. 또 재량으로 쓸 수 있는 법인 카드를 고 지점장 개인 용도로 사용하면 따지고 들기도 했다. 고 지점장에게 그라는 인간은 눈엣가시 같은 존재가 되어 있었다. 그를 제거하기로 마음먹은 듯했다. 창고에 쌓아놓은 재고 물량을 조사하던 중 누가 손을 댄 것인지 몰라도 장부에 기재된 수량과 재고 수량이 맞지 않은 것을 발견했다. 고가의 제품들인지라 한두 개만 비어도 수백만 원의 손실이 발생했다. 즉시 고 지점장에게 보고했다. 원칙적으로 관리 소홀로 인한 재고 물품 분실에 대한 책임은 팀장인 그에게 있었다. 다만 이해 가능한 상황일 때는 지점장이 재량으로 막아줄 수 있었다. 고 지점장에 그 일을 보고했다. 고 지점장은 재량으로 해결해줄 테니 걱정하지 않아도 된다고 했었다. 믿고 잊고 있었다. 고 지점장이 발령을 받아 다른 지점으로 떠난 후였다. 본사 윤리팀이 보낸 메일을 받았다. 횡령으로 의심되는 보고서가 올라왔으니 조사를 받으라는 내용이었다. 부랴부랴 본사로 들어갔다. 고 지점장이 재량으로 해결해주겠다고 약속했던 재고 분실이 처리되지 않고 그대로 있었다.

'씨팔, 개새끼. 엿 먹어보라고 그냥 갔단 말이지.'

분실된 재고 제품의 금액을 변상하겠다는 각서와 시말서를 쓰면서 억울함에 이를 갈았다. 거기서 끝이 아니었다. 그 일로 인해 연말 인사이동에서 부장으로 승진하는 일에 브레이크가 걸리고 말았다. 그를 제치고 부장으로 승진한 사람은 입사 초기 그에게 일을 배웠던 박 팀장이었다. 직위는 같아도 한때 부하 직원이었던 박 팀장을 부장님이라고 부르며 지시에 따라야 하는 일이 발생한 것이다.

'이런 개 같은 일이 있나.'

욱하는 마음을 참지 못하고 사표를 제출하고 말았다.

며칠 후 퇴직금이 통장으로 들어왔다.

"이젠 나도 자유인이다. 만세! 만세! 만세!"

친구를 만나러 가던 길에 퇴직금이 입금이 된 걸 확인한 그는 큰 소리로 환호를 올렸다. 길 가던 사람들이 저거 미친놈 아니야, 하며 수상한 눈초리를 보냈다. 그러거나 말거나 당장은 속이 시원했다.

"그동안 고생했으니 좀 쉬기는 해야겠지만 이젠 나이 제한에 걸려 재취업이 쉽지 않을 텐데 어쩔 작정이야? 무슨 계획 있어?"

어느 하루 집에 틀어박혀 지내는 그를 걱정스럽게 여긴 형이 작심하고 물었다. 계획이 아주 없지는 않았다. 감정노동관리지도사 공부를 하여 자격증을 따보자는 복안이 있었다. 아직 그 공부는 시작도 하지 못했다. 용돈벌이 삼아 하는 1인 방송 BJ 일이 애초에 계획했던 것보다 시간을 더 많이 잡아먹고 있기 때문이었다. 시간 관리의 필요성을 절감하면서도 한껏 느슨해져버린 데는 또 다른 이유가 있었다.

유혜빈 때문이었다. 그녀는 그가 개설한 1인 방송의 회원이었다. 어느 날 그녀가 카톡으로 사진을 보냈다. 그런 후 적극적으로 어필해오는 바람에 사귀게 되었다. 사진으로 본 그녀는 곱상하면서도 세련미가 흐르는 미인이었다. 거절할 이유가 없었다. 하루에도 수차례 문자를 주고받고 통화도 자주 했다. 그렇게 보낸 지 어느덧 100일째였다. 그동안 주고받은 문자와 통화로 그녀의 어머니가 재력가라는 걸 알게 되었다. 빌딩을 여러 채 소유하고 있고 현재 일본에서 요식업을 하고 있다는 것도 알게 되었다. 미대를 졸업하고 보석 디자인 일을 하던 그녀도 일본으로 건너가 주얼리 사업에 손을 댄 적이 있는데 대박을 쳐서 꽤 많은 돈을 벌었다고 했다. 그녀도 그에 관해 이것저것 알고 싶어 했다. 한 달 전 6년을 다녔던 회사에 사표를 내고 백수가 되었다는 것, 얼마 되지 않는 퇴직금을 용돈으로 축내고 있는 중이라 곧 빈털터리가 될 것이라고 솔직하게 말했다. 가정형편과 가족 관계에 대해서도 소상하게 다 말해주었다.

백수 생활 3개월째로 접어들면서 1인 방송의 회원 수는 증가 추세였다. 그중에는 그녀 못지않게 그에게 적극적으로 호감을 보이는 여성 회원들도 있었다. 질투심에 차단막이 필요했던 것일까. 한 달 전 그녀가 통화 도중 오빠, 내가 프러포즈를 하면 결혼할 마음 있어요, 하고 느닷없이 결혼을 입에 올렸다. 얼굴 예쁘겠다, 차분한 음성으로 보아 성격도 얌전할 것 같겠다, 거기다가 물려받을 재산도 많은 외동딸이라는데 마다할 이유가 없었다. 욕심이 났지만 느닷없이 결혼을 입에 올리는 건 그의 마음을 떠보려고 그냥 해보는 말로 가볍게 들었다. 아니었다. 그녀는 진작부터 그와 결혼할 생각을 갖고 있었다는 듯이 구체적인 계획을 줄줄 늘어놓았다. 그는 자신의 현재 처지를 알지 않냐며 뒤로 물러섰다. 그녀는 그건 처지의 문제보다 자존감 결여 같다는 말로 약을 올렸다. 찌질남처럼 굴지 말고 자신감을 갖고 좀 더 당당해져보라는 격려까지 했다. 그런다고 위축되어 있는 자존감이 일시에 회복될 처지는 아니었다. 백수 처지에 모아놓은 돈도 없이 퇴직금을 축내고 있는 그로서는 결혼은 꿈도 꿀 수 없는 일이었다. 결혼 요구에 부담을 느낀 그가 물러나면 그녀는 더 적극적으로 대시해왔다. 그녀가 찾고 있는 결혼 상대자는 돈 많은 남자가 아니라 어머니의 사업을 물려받아야 하는 자신을 대신해 집안 살림을 해줄 남자라고 강조했다. 결혼을 한다면 그의 기를 살려주기 위해 10억 상당의 전원주택을 자신의 돈으로 구입하되 명의는 그의 앞으로 해주겠다고 했다. 이게 웬 횡재냐 싶었다. 그래도 결혼은 너무 성급한 것이 아니냐고 도리질을 치면 그녀는 더 바짝 달려들었다. 결혼에 필요한 비용을 모두 다 댈 테니 하객들이 먹은 밥값만 지불하는 조건이면 결혼이 가능하겠냐고 물었다. 뭐가 이렇게 쉽지? 혹시 돈을 뜯어내기 위한 로맨스 스캠은 아닌지 의심이 없지 않았다. 하지만 그동안 단 한 번도 돈을 요구한 적은 없었다. 좀 있는 집에서 세상 물정 모르고 자란 탓이려니 여기게 되었다. 잘나가는 여자를 만나 전업주부로 사는 게 요즘 트렌드라는 말을 들어본 적이 있었다. 그가 그런 케이스가 될 줄은 상상조차 해본 적이 없었다. 자신이 쓰고 있는 방 하나도 폭탄 맞은 전쟁터처럼 해놓고 지낼 때가 많은데 전업주부라니…… 황당함에 킬킬 웃었다. 그래놓고도 뭐야, 이 여자 완전 대박이잖아, 달달한 유혹에 마음이 요동쳤다. 며칠을 고심했다. 작정하고 하자고 들면 못할 것도 없을 것 같았다. 어차피 인생 별거 있나. 돈이면 열 가지 흉도 감춘다는 황금 만능 시대에 너도 나도 발버둥치는 이유가 뭔가. 결국은 돈이다, 돈. 사냥꾼에 쫓기는 사슴을 숨겨준 적도 없었는데 평생을 벌어도 얻지 못할 재산을 가진 선녀가 나타나 결혼을 하자고 하니 횡재도 이런 횡재가 없었다. 그녀가 보유하고 있는 재산만으로도 꿈꾸던 삶을 사는 데 부족함이 전혀 없으니 굳이 마다할 이유는 없었다. 본격적으로 교제를 시작했다. 100일째가 되는 오늘 그녀가 일본에서 일시 귀국해 만나기로 했다. 오후 다섯시 인천공항에 도착하는 비행기를 탄다고 했었다. 인천공항에서 만나 이야기를 나누어보고 그동안 채팅을 통해 주고받았던 느낌에서 크게 벗어난다는 판단이 들면 피차 그 자리에서 쿨하게 헤어지기로 했다. 반대로 믿음이 느껴지면 양가 부모님에게 알려 결혼을 현실화시키기로 했다. 이 모든 일은 그녀가 계획하고 주도했다.

　그녀와 약속한 시간에 늦지 않으려면 집에서 세시에는 나가야 한다. 마음이 들떠 집중하지 못한 탓에 방송이 엉성하게 진행되고 말았다. 언제 시간이 그렇게 흘렀는지 휴대전화에서 경쾌한 리듬의 알람 소리가 흘러나왔다. 방송을 마무리했다.

'자. 이제 준비를 해볼까.'

욕실로 들어가 샤워를 하고, 입고 나갈 옷을 고르느라 바빴다. 그때 휴대전화에서 벨소리가 흘러나왔다. 그녀였다. 다섯시에 도착한다고 했으니까 아직 세 시간이나 더 남아 있었다. 일본 공항에서 탑승 직전에 한 전화일 수 있다고 생각하고 통화 버튼을 눌렀다.

"벌써 온 거야?"

"어젯밤에 외할머니가 돌아가셔서 귀국 시간을 당겨 오늘 새벽에 들어왔어요."

"새벽에? 그럼 지금 있는 곳은 어디야?"

"외할머니가 사시던 변산의 장례식장이에요."

이건 또 무슨 말인가. 황당하게 들리면서도 그럴 수도 있는 일로 받아들였다.

"조문은 어떡하지? 내가 나타나도 되는 자리인지 모르겠고……"

"아무래도 아직은 좀 그렇지요? 장례식 마치는 대로 다시 날짜 잡아 연락할게요. 첫 만남에 약속을 어겨서 죄송해요."

"아무튼 경황이 없을 테니 장례식 마치고 보는 걸로 알고 있을게."

그녀와 통화를 마친 그는 입었던 옷을 다시 벗고 컴퓨터 앞에 앉았다.

그에게 새 꿈은 확실히 징크스인 것은 분명했다. 그는 화려한 깃털로 그를 유혹했던 새는 그녀로, 깃털이 숭숭 빠져 병들어 보이던 까만 새는 돌아가신 외할머니를 암시한 것으로 단정했다. 자의적인 해석이지만 새 꿈을 꾼 후 줄곧 망막에 달라붙어 떨어지지 않고 있는 까만 새로 인한 불길한 예감을 그렇게 해소했다.

그녀에게 다시 연락이 온 것은 닷새 후였다. 장례식은 무사히 마쳤는데 홀로 된 외할아버지를 두고 갈 수 없어서 당분간 어머니와 같이 변산 외갓집에서 더 지내게 되었다고 했다.

"그럼 우리는 언제 만나?"

그가 묻는 말에 그녀는 그와 사귀고 있는 것을 어머니에게 전부 말하고 결혼하겠다는 말을 했다고 했다. 어머니가 오늘은 바빠서 안 되고 내일 오전 중에 오빠에게 직접 전화를 할 거라는 말도 했다. 어차피 맞닥뜨려야 하는 일이었다. 어머니의 전화를 기다리고 있겠다고 말하고 통화를 마쳤다.

'이 결혼 가능할까?'

부모 입장에서는 말리고 싶은 결혼이 분명할 텐데 쉽지 않을 거라는 생각이 뇌리를 스치고 지나갔다. 어떤 이유로든 반대는 당연하지 싶었다. 그녀에게 이 결혼은 아무래도 힘들 것 같으니 포기하자고 하면 뭐라고 할까. 방송을 통해 본 오빠는 정말 재미있는데 통화를 해보면 부정적인 면이 많다고 할 게 분명했다. 덧붙여 긍정적으로 받아들이는 습관을 키우라는 말도 할 것 같았다. 때론 입버릇처럼 말하는 긍정 과잉이 억지처럼 느껴져서 거슬렸던 적이 없지 않았다. 그래도 그녀의 지적이 맞는다면 지레 포기하는 것은 비굴한 도피에 지나지 않는 것으로 여겨졌다. 아니야, 다 잘될 거야. 애써 불안한 마음을 털어버렸다. 영상의 힘이라는 게 이런 것이구나. 그 위력에 무한 감동했다. 예쁘겠다, 돈 있겠다, 배려심까지 많아 흠 잡을 데가 없는 아가씨가 영상이란 마법에 걸려 집을 사주고 결혼 비용 전부를 대면서까지 결혼을 하겠다고 하니 감지덕지할 일이 아닐 수 없었다. 그런 한편으로 내일 그녀의 어머니가 전화를 해 결혼을 반대하는 말을 하면 뭐라고 해야 할지 신경이 쓰였다. 반대하신다구요. 알았어요. 그럼 저도 접을게요. 그렇게 말해야 하나. 비록 교제 기간이 짧고 실제로 만난 적도 없지만 피차 서로에 대해 알 만큼 알고 결정한 결혼이니 허락해달라고 해야 하나. 어떤 선택이 서로를 위한 것인지 알 수 없다 보니 마음만 갈팡질팡했다.

다음 날 오전, 정말로 그녀의 어머니가 전화를 했다. 딸이 어릴 때 남편과 이혼했다는 말부터 했다. 자신이 일을 하러

다니느라 딸이 혼자 지낸 시간이 많아서 그런지 외로움을 많이 탄다고 했다. 그녀를 통해 들었던 말로 추측해보면 여자의 힘으로 그 많은 재산을 일구자면 가정에 충실하지 못했을 것은 뻔했다. 그녀가 외로움을 많이 탄다는 말이 귀에 쏙 들어왔다. 혹시 돈을 뜯어낼 목적으로 접근한 로맨스 피싱이나 섹스 파트너를 찾는 로맨스 스캠에게 당하고 있는 것은 아닐까, 언뜻언뜻 일고 있던 의심이 깨끗이 사라졌다. 그의 성격이 그랬다. 겉으로 화려해 보여도 내면에 그늘이 있는 사람을 보면 무한 연민에 빠져들기도 했다. 사진을 통해 본 그녀의 모습에서 외로움을 느낄 수 없었는데 어머니의 말을 듣는 순간 그가 왜 그녀를 선택해야 하는지 명분이 확실해졌다. 어머니는 딸이 그를 알게 된 덕분에 지난 3개월 동안 행복하게 지내는 걸 볼 수 있어서 고맙게 생각하고 있는 중이라고 했다. 그런 딸이 가족 유전으로 신장 하나를 떼어낸 환자라는 말도 했다. 그래도 좋다면 결혼을 말릴 생각은 없다고 했다. 신장을 떼어냈다는 말은 금시초문이었지만 상관없다고 말했다. 결혼을 허락한다면 그녀의 건강을 보살피는 일에 부족하지 않도록 노력하겠다고 했다. 또 어머니에게도 아들 노릇을 하겠다고 말했다. 그 말을 끝으로 통화를 마쳤다.

　나흘 후 그녀가 보낸 문자를 받았다. 어머니가 일주일 후 집으로 인사를 왔으면 한다고 했다. 정말 결혼이 성사되는 건

가. 이런 결혼 괜찮은 걸까. 마음이 복잡 미묘했다. 갈등의 일주일을 보내고 인사를 가기로 했던 당일 아침이었다. 아침 일찍 그녀가 보낸 문자를 받았다. 전날 밤 심한 배탈로 고생을 해서 움직일 수 없는 상황이라고 했다. 인사는 다른 날로 연기하자고 했다. 약속 당일만 되면 사건이 생기는 일이 우연으로 보기에는 아무래도 수상했다. 요즘 극성을 부리고 있는 로맨스 피싱이나 로맨스 스캠의 일종일 것 같은 의심이 다시 되살아났다. 이거 뭐지? 의심이 뽀얀 안개처럼 그를 에워싸는 중에도 그동안 그녀가 그에게 요구한 것이 아무것도 없었다는 사실에 주목하지 않을 수 없었다. 결혼 과정이 상식적인 틀에서 벗어났을 뿐 이 일로 인해 그가 당할 피해는 없으므로 의심은 경솔한 짓이라고 자신을 나무랐다. 하지만 불길한 기분까지 해소되지는 않았다.

사흘을 고심하며 망설이다가 용기를 냈다. 혹시 나에게 숨기는 것 있느냐는 문자를 그녀에게 보냈다. 그가 보낸 문자를 확인한 건 분명한데 답이 없었다. 전에 없던 반응이었다. 이건 또 뭐지? 불안감이 엄습했다. 그는 안절부절못하며 물 위에 뜬 물방개처럼 방 안을 뱅뱅 돌아다녔다. 그는 저녁 무렵에야 그녀가 보낸 문자를 받았다. 그녀는 다 말할 테니 일주일만 기다려달라고 했다. 그동안 했던 말이 거짓이었다는 것을 시인하는 셈이었다. 심장이 쿵쿵 뛰었다. 이런 상황에 그녀의 대답을 듣기 위해 일주일을 기다린다는 것은 견디기 힘든 고문이었다.

탐정이 되어 그녀의 정체를 직접 알아보기로 했다. 흔적을 찾아 인스타그램을 뒤지기 시작했다. 검색창에 유혜빈이라는 이름을 넣고 엔터키를 쳤다. 동명이 여러 명 있었다. 한 명씩 뒤지기를 한참 만에 그녀가 그에게 보낸 사진이 실린 해시태그를 찾아냈다. 그곳에 올라 있는 사진은 수도 없이 많았다. 하나같이 귀엽고 깜찍하기 짝이 없는 모습이었다. 이런 여자를 두고 뭘 의심할 게 있다고 이 짓을 하고 있는 건지 모르겠네. 실수를 하고 있는 것만 같았다. 그럴수록 확인이 더 필요하다고 생각한 그는 프로필을 자세히 살펴보았다. 이거 뭐지? 눈을 의심하게 하는 내용이 발견되었다. 그녀는 94년생으로 스물다섯 살이라고 했었다. 그런데 유혜빈의 프로필에 있는 나이는 그와 같은 86년생으로 32세였다. 나이를 속여서 그랬나. 연상도 흔한 요즘 동갑이 무슨 문제가 된다고 나이를 속였을까. 기분은 좋지 않았지만 그래도 그 정도는 이해할 수 있다고 생각했다. 프로필을 좀 더 자세히 살펴보았다. 가족 관계도 있었다. 부모님이 모두 살아 계시고 남동생도 있었다. 지난번 어머니와 통화했을 때 당신은 이혼하고 그녀는 외동딸이라고 했었다. 그렇다면 어머니라고 전화를 했던 사람은 또 누구란 말인가? 직업도 달랐다. 그녀는 자신이 보석 디자

이너라고 했는데 프로필에 떠 있는 유혜빈의 직업은 뷰티 디
자이너였다. 유혜빈의 경력은 상상외로 화려했다. 국내를 비
롯해 일본 방송에도 다수 출연한 적이 있는 유명인이었다. 굳
이 직업을 속일 이유가 뭔지 이해할 수 없었다. 프로필에 떠
있는 내용이 가짜인지, 그녀가 말한 것들이 가짜인지, 혼란으
로 독주를 마신 것처럼 머릿속이 빙빙 돌았다. 퍼뜩 인스타
그램 해시태그의 유혜빈과 그녀가 별개의 인물이라는 확신이
들었다. 그녀가 보낸 사진들은 이곳에서 얼마든지 무단으로
퍼올 수 있으니까. 가짜와 진짜의 여부를 확인해볼 방법은 얼
마든지 있었다. 그는 뷰티 디자이너 유혜빈의 해시태크 게시
판에 그녀와 동일인인지 확인을 해달라는 메시지를 남겼다.
유혜빈과 그녀가 동일인이라면 의심한 일을 두고 화를 심하
게 낼 것이다. 이젠 믿을 수 있겠어? 라는 대답을 듣기를 바
라며 한참을 기다렸다. 시간이 꽤 흘렀는데도 아무런 반응이
없었다. 이 묵묵부답은 뭘까. 인스타그램의 뷰티 디자이너 유
혜빈과 그가 알고 있는 그녀가 동일 인물이라는 건지, 아니라
는 건지, 답답함에 애가 탔다. 그녀의 말대로 스스로 밝힐 때
까지 그냥 기다리고 있을 걸 의심을 못 참아 산통을 깨트리고
만 것은 아닌지 후회가 몰려왔다. 마음 한쪽에는 후회를 안
고, 다른 한쪽에는 의심을 안은 채 그는 마지막으로 다른 방
법으로 확인을 해보기로 했다. 휴대전화를 구입할 때 계약서

에 기재하는 개인 정보를 통해 알아보는 방법이었다. 그 방법이 가능한 것은 다녔던 회사가 전자제품을 판매하는 유명 업체였고 한때는 그가 모비일 팀을 전담했던 적도 있었기 때문이었다.

신입사원일 때부터 그에게 일을 배웠던 정 팀장에게 전화했다. 그녀와 어머니의 전화번호를 알려주고 단말기 소유자의 정보 사항을 알려달라고 했다. 고객의 정보를 함부로 유출하는 것은 불법이었으므로 내켜하지 않는 눈치를 보였다. 사정을 밝히고 협조를 구했다.

"형, 내 촉으로는 그 여자 전형적인 로맨스 피싱 같은데요. 요즘 로맨스 피싱은 그렇게 장기간 친분을 쌓아가며 경계심을 없앤 후 상대 명의로 거액을 대출받아 사라지는 경우가 많아요."

정 팀장은 걱정이 가득 어린 목소리로 말했다.

최근 로맨스 피싱, 로맨스 스캠 같은 것들이 극성을 부리고 있다는 것을 그도 알고 있었다.

"그렇게 단정을 짓기에는 단 한 번도 돈을 요구한 적이 없었거든."

"아무튼 조심하세요. 부탁한 고객 정보 알아봐줄 테니까 기다려보세요."

정 팀장에게서 이내 연락이 왔다. 그가 알려준 전화번호는 김미경이라는 이름으로 개통되어 있다고 했다. 생년월일은 1993년 11월 25일, 주소지는 인천으로 되어 있고, 어머니 번호의 주소지는 신림동으로 기초 생활 수급 대상자로 기재되어 있다고 했다. 그 이상의 정보를 공개하는 일은 법에 저촉되므로 양해를 바란다는 말을 하고 박 팀장은 전화를 끊었다.

그것만으로도 인스타그램의 뷰티 디자이너 유혜빈과 그녀는 전혀 상관없는 인물이라는 확인은 충분했다. 혹시는 역시라더니, 예외 없이 이렇게 당하고 말았구나. 몸을 떨던 그는 인스타그램에서 네 사진과 프로필을 봤어, 가족 관계와 나이가 네가 말한 것과 다르더라, 이건 뭘 의미하는 거냐는 문자를 보냈다. 그녀도 바로 답글을 보내왔다. 내 뒷조사한 거냐고, 내가 말할 때까지 기다려달라고 부탁하지 않았느냐고 했다. 그때서야 그는 그녀가 유혜빈이 아니라는 걸 확신할 수 있었다. 허탈감에 빠진 그가 다시 넌 도대체 누구냐는 문자를 보냈다. 그녀도 내가 유혜빈이 아닌 건 맞지만 진심으로 오빠를 사랑한 것은 사실이라는 문자를 보냈다. 그는 거짓으로 날 농락하는 이런 방식이 너의 사랑법이냐고, 왜 그래야 하느냐고 따졌다. 그의 항의에 그녀는 너무 외로워서 그랬다고, 소통이 필요했다고, 가상의 관계라도 좋으니 서로 따뜻하게 대하며 지낼 수 있는 사람이 그리웠다고, 실제 자신의 모습으로 다가가면 무시만 당하고 잘되지 않아서 다른 내가 되고 싶었다고, 그래서 찾아낸 인물이 유혜빈이었다고 했다. 자신이 가면을 쓰고 접근하면 남자들이 정말 마음을 쉽게 열어주어서 그에게도 유혜빈의 사진을 보냈던 거라고 했다. 이제 끝났으니 다시는 연락하지 않을 거라는 문자를 보내고는 SNS에서 아주 사라졌다. 그도 그녀와 주고받았던 카톡, 문자, 이메일의 내용들을 차례로 삭제했다. 연락처 목록에 있는 전화번호도 삭제했다. 그녀와의 소통 매개체였던 휴대전화 어디에도 흔적은 남아 있지 않았다.

그때까지도 그의 망막에 달라붙어 있는 까만 새는 떨어지지 않고 있었다. 털이 숭숭 빠져 보기 싫은 까만 새를 그녀라고 생각한 그는 이젠 다 끝났으니 가라고 소리쳤다. 하지만 까만 새는 까우웃 까우웃 소리를 내고 그의 망막에 여전히 달라붙어 있었다. 가라고, 아무리 소리를 쳐도 꼼짝 않고 그의 망막에 달라붙어 있는 새를 쫓아내는 일에 힘을 다 빼버린 그는 지쳐 의자에 털썩 주저앉았다.

눈을 감고 가짜 유혜빈에게 홀려 지냈던 지난날들을 되짚어보았다. 그녀의 유혹이 먼저였던 것 분명했지만 그렇게까지 눈이 멀어버린 이유가 어디에 있었는지 생각해봤다. 그래, 이유 없이 친절을 베풀며 다가오는 오는 사람은 필히 조심을 해야 한다고 했는데 그걸 놓쳤어. 자탄을 하고 있을 때였다. 망막에 달라붙어 있던 까만 새가 다시 꺄우웃 소리를 내고 울더니 털이 숭숭 빠져 보기 흉한 날개를 퍼덕거렸다.

"가라고 했는데 왜 안 가고 있는 거야?"

그가 까만 새를 향해 소리를 버럭 질렀다.

"까우웃, 나는 그녀가 아니고 너야. 내가 너라고."

"뭐라고?"

까만 새의 말에 그는 화들짝 놀라고 말았다.

"나는 네 안 깊숙이 숨어 있던 불순한 욕망이었고, 불안이었어. 그녀는 그런 너의 약점을 장난감 삼아 데리고 놀았을 뿐이고…… 나를 너의 망막에서 아주 떼어낼 수 있는 방법은 한 가지뿐이야. 자신의 능력으로는 가질 수 없는 것을 탐했던 허망한 욕심에서 벗어나는 것이야. 세상은 탐한다고 해서 결코 쉽게 내주는 법이 없거든. 그런데 넌 어리석게도 그걸 너무 쉽게 얻으려고 했어."

까만 새가 하는 말을 들은 그는 놀란 마음을 진정하기 위해 욕실로 들어갔다. 샤워기를 틀어놓고 찬물을 뒤집어썼다. 털이 숭숭 빠진 보기 흉한 까만 새가 그녀가 아니라 나였다고? 나라고? 나라고? 같은 말을 반복하며 몸이 얼얼해질 때까지 물을 뿌렸다.

그는 방송을 중단하고 BJ도 그만두었다. 아름다운 꽃이 피는 봄이지만 충격과 자괴감에 사로잡혀 우울한 나날을 보내야 했다. 그녀와 통화를 하고 문자를 주고받았던 지난 100일은 한 편의 영화를 찍은 기분이었다. 그는 허욕에 눈이 멀어 가질 수 없는 것들을 보다 쉽게 얻어내려다 당하고 만 캐릭터로, 그녀는 그런 그의 안에 잠재된 욕망을 자극하는 방법으로 접근해 필요한 것들을 낚아채는 캐릭터로 연기를 펼쳤던 것 같았다. 모든 사기는 중독성이 강해 한번 맛 들이면 끊어내기가 쉽지 않으므로 그녀는 오늘도 인터넷 이곳저곳에서 훔쳐 온 남의 사진으로 자기 아닌 자기가 되어 피해를 입히고 있을 게 뻔했다.

힘들게 봄을 보내고 여름이 되었을 때야 그는 그녀로 인해 받은 피해의식에서 벗어날 수 있었다. 그의 망막에 달라붙어 떨어지지 않고 있던 까만 새도 떨어지고 없었다. 그 일은 겪지 않았으면 더 좋았을 흉흉한 경험이긴 했으나 길을 걷다 보면 넘어질 수도 있는 일로 여기고 모두 떨쳐버렸다.

지금은 퇴직할 때 계획했던 감정노동자관리사 자격증을 따기 위해 공부를 하고 있다. 헛된 욕망의 미로에 빠져버렸던 그가 구원받는 일은 신성한 노동을 통해 얻은 정당한 대가를 통해서만 가능하니까. 교육 기관에 등록을 마치고 온라인 수강으로 학습을 하면서 기출 문제를 푸는 일로 하루를 보내고 있다.

시험을 하루 앞둔 날 밤이었다. 그는 또 새 꿈을 꾸었다. 어디선가 파란 새 한 마리가 나타났다. 새는 부리에 커다란 바구니를 물고 있었다. 그가 있는 곳으로 날아오더니 원하는 곳으로 데려다주겠다고 했다. 그는 순순히 바구니 안으로 들어갔다. 새가 창공으로 솟구쳐 날아오르기 시작했다.

잠을 깼을 때 그의 몸은 침대에 누워 있는데도 바구니에 담겨 어디론가 날아가고 있는 기분이었다. 그 기분이 그리 나쁘지 않았다. 아, 오늘 시험을 보는 날이구나. 벌떡 몸을 일으킨 그는 준비를 서둘렀다. 세수를 할 때도, 식사를 할 때도, 집을 나설 때도, 그는 지난밤에 꾸었던 기분 좋은 새 꿈을 떠올리고 루루루 콧노래를 불렀다.

정오의 날개

아침에 일어나 창문을 열고 밖을 보았을 때 풍경은 짙은 안개에 가려져 보이지 않았다. 해안도 아닌 대륙에서 이렇게 안개가 짙게 끼는 일은 드물었다. 안개는 아침 식사를 마칠 즈음에야 옅어지기 시작했다. 커피 한 잔을 만들어 소파에 앉아 홀짝이며 안개가 걷히고 있는 풍경을 즐기고 있었다.

전화벨이 울렸다. 휴대전화기가 아닌 일반 전화기였다. 나와 통화를 자주 하는 사람이라면 휴대전화기로 했을 텐데 누구지? 오랜만에 들어보는 일반 전화기 벨소리에 긴장을 하고 수화기를 들었다.

"여보세요?"

"잘 지내고 있니?"

생소하게 들리는 목소리였다.

"누구시죠?"

"나, 진경이야."

"누, 누구라고?"

"진경이."

이름을 밝힌 통화 상대방은 나와 외사촌 사이로 25년 전 미국으로 떠났다. 긴 세월 동안 만난 적이 단 한 번도 없었다. 전화도 이모의 입원 문제로 한 번, 장례식 문제로 한 번이 전부였다. 괘씸한 나머지 나와 상관없는 타인으로 여기고 살았었다.

"근데 웬일로 네가 나에게 전화를 한 거니?"

오랜 공백이 안긴 어색함을 지우지 못한 나는 말문을 그렇게밖에 열 수 없었다.

"실은 나 지금 인천국제공항에 와 있어. 귀국하면 곧바로 이모 집으로 가려고 숙소를 정하지 않고 그냥 나왔는데 이모가 전화를 받지 않으시네. 전화번호가 바뀐 건 아니지?"

미국에서 한 전화인 줄 알았는데 이미 입국해 인천공항에 있다는 진경의 말에 나는 화들짝 놀라기까지 했다.

"이모는 아프신 건 아니지? 비행기를 타고 오는 내내 걱정을 했었는데 괜찮지? 잘 지내고 계시지?"

통화 상대자인 나의 안부는 생략하기로 작정이라도 한 듯 친정어머니의 안부를 묻는 일에 급급했다.

"엄마는 지금 아버지 쪽 친척 결혼식이 있어서 거기 가셨어. 거기서 며칠 계시다가 오시는 걸로 알고 있는데……"

"그래? 그럼 숙소부터 알아봐야겠네."

진경이 당황하는 기색을 보였다.

"엄마 서울 올 때까지 우리 집에 있을래?"

이미 인천공항에 와 있다는 진경이의 말에 나는 앞뒤 생각 없이 그렇게 물었다.

"그래도 되겠니?'

"너만 괜찮다면 나는 상관없어."

"난 좋아."

집 주소와 오는 길을 알려주고 통화를 마친 후에도 진경의 귀국이 실감 나지 않았다. 지난 25년 동안 소식을 단절하고 지내는 동안 진경의 생활도 이른 아침 짙은 안개에 가려져 보이지 않았던 바깥 풍경처럼 가려져 있었다. 진경이 한국으로 들어왔으니 그 안개도 조만간 걷히겠구나. 혼잣말을 중얼거리고 시계를 봤다.

진경이 공항 리무진 버스를 탈 거라고 했었다. 휴대전화로 공항에서 집까지 소요되는 시간을 검색해보니 1시간 20분 예정이라고 되어 있었다. 도착 시간은 정오 직후로 점심시간이었다. 어느 식당으로 갈까. 단골집 몇 곳을 떠올리고 있던 중이었다. 그동안 고국에 대한 향수가 적잖았을 텐데 마음도 달래줄 겸 직접 밥을 지어 먹이고 싶어졌다.

집을 나와 마트로 갔다. 도중 친정어머니에게 진경의 귀국 소식부터 알려야 할 것 같았다. 전화 버튼을 눌렀더니 바로 연결이 되었다.

"진경이가 인천공항에 있다고 전화를 했더라고요."

"언제?"

"조금 전에요."

"진짜로 왔다고? 헛말은 아니었네."

친정어머니가 하는 말로 보아 진경이 귀국이 금시초문만은 아닌 것 같았다.

"알고 있었어요?"

"얼마 전에 전화를 했더라. 곧 한번 찾아뵙겠다고……"

"근데 나에게는 왜 아무 말도 안 했어요?"

"나와야 나오는 거지. 진짜로 올지 말지 몰라 그냥 듣고 말았지. 허, 오래 살다 보니 이런 일도 있네. 예식만 참석하고 바로 올라갈게. 진경이 잘 좀 챙겨라."

친정어머니는 감개무량해하며 전화를 끊으셨다.

마트 안으로 들어갔을 때였다. 이번에는 친정어머니가 내게 전화를 하셨다.

"왜요?"

"잠깐 있다가 갈 애한테 옛날에 이랬느니 저랬느니 마음 상할 말은 일절 하지 마라. 알았지?"

진경이 미국으로 떠난 후 자주 불평을 하던 내가 마음에 걸린 모양이었다. 친정어머니는 경고에 가까운 말씀을 하시고는 이내 전화를 끊으셨다.

마트에 도착한 나는 무얼 살까, 이곳저곳을 둘러보았다. 발길을 멈춘 곳은 수산물 판매대 앞이었다. 수족관 안에는 바닥에 배를 대고 눈을 말똥거리고 있는 광어들이 여러 마리 있었다. 진경이 미국으로 들어가기 전 더러 같이 먹었던 회덮밥과 매운탕이 생각났다. 그때의 추억을 떠올리고 먹는 회덮밥과 매운탕은 별미가 될 것 같았다. 오늘 새벽에 들어온 놈이라 엄청 펄펄하다는 점원의 말을 믿고 광어 한 마리를 회 떠달라고 했다. 주문을 받은 직원은 뜰채로 광어를 건져 올리고 빠르게 손질을 했다. 광어회 한 접시와 매운탕 재료로 쓸 남은 뼈까지 챙긴 나는 바로 수산물 판매대를 떠났다. 야채 판매대에서 양상추, 토마토, 파프리카 등 샐러드에 들어갈 야채를 사고 배와 사과도 샀다.

집으로 돌아오자마자 매운탕을 끓이기 시작했다. 이어 샐러드도 만들었다. 바쁘게 손을 움직이는 중에도 진경이 어떻게 변해 있을지 궁금했다. 상상력을 총동원해보았지만 25년 전 뭉텅 끊겨버린 필름으로는 변한 모습을 예측하기 힘들었다.

진경이를 마지막으로 본 것은 스물다섯 살 겨울이었다. 크리스마스를 며칠 앞두고 진경이는 미국 남자와 결혼을 하려고 한국을 떠났다. 그날 진경이를 배웅한 사람은 나와 이모였다. 김포공항 국제선 출구로 빠져나가던 진경의 뒷모습은 아직도 나의 뇌리에 판화처럼 선명하게 새겨져 있었다. 진경이 출국대 안으로 들어가고 모습을 감추자 이모는 집안 형편만 이렇지 않았으면 지금이라도 미국으로 떠나는 걸 말리고 싶다면서 눈물을 흘리셨다.

그리 어렵지 않았던 외갓집에서 큰 고생 없이 자랐던 이모는 토지 측량사인 이모부를 만나 결혼 후에도 비교적 안정된 생활을 했었다. 그랬던 이모의 삶이 졸지에 곤두박질을 치고 만 것은 진경이 고등학교에 입학했던 어느 봄날이었다. 그전부터 눈이 자주 침침하고 잠깐씩 앞이 안 보일 때가 있다고 하던 이모부가 측량 작업을 하던 도중 현장에서 이탈해버리고 말았다. 하루 꽃샘추위에 떨어져버린 봄꽃처럼 사라져버린 후 가족 어느 누구도 이모부의 소식을 듣지 못했다. 회사에서는 근무지 무단 이탈이란 사유로 이모부를 해고한다는 통고서를 보냈다. 이모부가 사라져버린 후 이모는 눈이 퉁퉁 붓도록 우는 일로 하루를 보냈다. 이모의 그런 고통은 언니였던 친정어머니에게도 견디기 힘든 일이었다. 친정어머니는 누가 과일이라도 선물하면 이모에게 줄 것부터 챙겨놓고 우리 가족들을 먹이셨다. 고기반찬을 하면 반은 그릇에 담아 가지고 가서 조카들에게 먹이고 조금만 더 참고 견디면 이모부가 돌아올 거라고 이모의 등을 다독이셨다.

가을, 은행잎이 노릇노릇 물들기 시작할 무렵이었다. 이모부 친구라는 분이 이모를 찾아왔다. 전라도에 있는 어느 암자에서 이모부를 보았으니 가보라고 하셨다. 그 말을 듣자마자 이모는 암자에 다녀오셨다.

"그 인간, 암자에서 잘 지내고 있더라. 집에 가자고 하니까 안 간단다. 소라면 고삐라도 매어 억지로라도 끌고 올 텐데…… 내가 집에 가자고 하니까 그냥 죽었다고 생각하고 살라는 말만 하더라."

암자에 다녀온 이모가 어머니를 붙잡고 앉아 울분을 토하셨다.

"보자마자 네가 원망부터 쏟아내니까 그랬을 거다. 그러지 말고 살살 달래라. 진경이, 진우, 진석이 이야기를 하면서 마음을 움직여봐라. 짐승도 제 새끼는 챙긴다는데 자식을 셋이나 둔 애비 아니야. 애들이 보고 싶어서도 못 이기는 체하고 들어올 거다."

그날뿐만 아니라 흐느껴 우는 이모의 등을 다독이며 달래는 일은 친정어머니에게는 하루도 빼놓을 수 없는 일과가 되어 있었다.

어느 날, 학교를 다녀왔을 때였다. 마루로 올라서자마자 안 방에서 울먹이는 이모의 목소리가 들렸다. 심상치 않은 분위기에 방문을 열지 못하고 문 앞에 우두커니 서 있었다.

"탱화를 그리는 스님의 도움을 받으며 지내고 있는데 옆에서 수발 들어주는 보살이라는 여자도 있더라. 그래서인지 진짜로 집에 올 마음이 없어 보이더라. 그래서 나도 이제는 그 사람 포기할란다. 집으로 들어오겠다고 빌고 사정해야 할 사람이 누구인데 내가 왜 찾아가 애걸복걸해야 하느냐고. 입만 열면 죽은 사람 취급하고 살라는 그런 남자에게 나도 이제는 정나미가 떨어져서 더는 못 찾아가겠다."

울분을 토해내던 이모가 방문을 열고 나왔다. 금방이라도 푹 쓰러질 것처럼 휘청거리는 걸음으로 집에서 나간 이모는 다음 날부터 신열을 내며 앓기 시작했다. 여러 날 만에 자리를 털고 일어난 이모는 살이 빠져 전혀 딴사람처럼 보였다. 그때부터 누가 이모부에 관해 물으면 그 사람은 이미 죽고 없는 사람이니 묻지 말라는 말만 했다.

생계를 책임져야 할 가장이 집을 떠나고 없으니 어쩔 수 없이 이모가 일을 해야 했다. 학교에 다닐 때 자수를 곧잘 놓았다는 이모는 그 재주를 밑천 삼아 한복과 혼수 이불에 수놓는 일을 시작하셨다. 벌어들인 수입이래야 입에 풀칠이나 할 정도였다. 진경이와 두 동생이 등록금을 내야 할 때가 되면 이모는 빚을 얻으러 다녔다. 어머니가 아버지 몰래 빚을 얻어주는 걸 내 눈으로 본 것만도 여러 번이었다.

진경이 고등학교를 졸업할 무렵 이모는 두 남동생을 위해 대학 진학을 포기할 것을 강요했다. 진경이 받아들이지 않았다. 이모 몰래 4년 장학금을 지원받는 조건으로 성적보다 낮은 대학에 입학원서를 냈다. 입학 후에는 입주 가정교사로 학비를 벌어가며 악착스럽게 공부했다. 그렇게 공부한 보람이 없지 않아서 졸업을 한 학기나 남겨두고 대기업 비서실에 입사했다. 그렇게 잡은 직장이었지만 고작 3년을 다니다가 그만두었다. 지금 진경이의 남편인 미국 남자와 결혼하기 위해서였다.

친정어머니는 이모가 힘들어하실 때마다 진경이를 원망했다. 월급도 많고 이런저런 혜택이 많은 회사라면서 좀 더 벌어서 제 동생들 학비라도 보태주고 시집을 가든가 하지, 하고. 방구석에 처박혀 재봉틀만 돌리고 사느라고 몸이 퉁퉁 부어 있는 제 엄마 외면하고 저만 잘 살면 마음이 편한가. 씨도둑질은 못한다더니 진경이나 애비나 어쩌면 그렇게 제 생각뿐인지…… 이모보다 친정어머니가 진경이를 더 원망했었다.

진경이 한국을 떠날 때만 해도 아메리칸드림이 만연해 있었다. 가난한 집 처녀들이 돈에 팔려 가는 것 같은 인식이 팽배해 국제결혼에 대한 시각은 지금처럼 관대하지 않았다. 나의 생각도 그랬다. 결혼 발표를 하던 날이었다.

"국제결혼을 결심한 이유가 뭐야?"

단순히 그 미국 남자가 좋아서 하는 결혼만은 아닌 것 같아 나는 그렇게 물어봤다.

"효녀 심청이로 살아봤자 인당수에 빠질 일밖에 더 있니. 벌어보았자 밑 빠진 독에 물 붓기일 건 뻔하고, 욕심에 차는 남자 만나 시집가려면 집안 형편이 받쳐주어야 하는데 내가 뭐가 있니. 앞이 보이지 않는 현실에 얽매여 옴짝달싹 못하고 사느니 나로서는 보다 나은 내일을 위해 최선의 선택을 한 것뿐이야."

입술을 잘근잘근 깨물며 말했다.

진경이가 미국으로 떠난 지 5년 만에 이모가 쓰러지셨다. 병원으로 모시고 간 사람은 나와 어머니였다. 검사 결과 병명은 과로가 원인이 된 급성 신부전증으로 나왔다. 친정어머니는 이모에게 국제전화를 넣어 진경이를 부르라고 하셨다. 이모는 말리셨다. 비행깃값이 한두 푼도 아니고, 진경이 온다고 내 병이 당장 낫는 것도 아닌데 오라 가라 성가시게 하느냐고 하셨다. 나는 이모의 만류를 무릅쓰고 진경이에게 전화했다.

"네 엄마가 급성 신부전증으로 쓰러져 입원했으니 잠깐 나왔다 가면 안 되겠니?"

진경이 온다 간다 말없이 침묵만 하고 있었다. 긴 침묵에

전화를 끊어버린 줄 알았다. 나는 여보세요를 몇 번이나 거듭
했다.

"나, 못 가."

긴 침묵 끝에 진경이 한 말은 상관없는 남의 일처럼 못 간
다는 한마디였다.

"못 온다고? 네 엄마가 아파 입원을 했는데도 못 온다고?
나중에 후회하지 마."

화가 나버린 나는 전화를 끊어버리고 말았다. 제 엄마가 아
파 입원을 했다는데 어떻게 저렇게 무덤덤한 반응을 보일 수
있는 걸까. 어떻게 저렇게까지 이기적일 수가 있을까. 이해할
수 없는 태도에 소름이 돋기까지 했었다.

이모는 어려운 형편에 신장 이식 수술은 엄두도 낼 수 없었
다. 때를 놓쳐 병세가 급속도로 악화되어 돌아가시고 말았다.
진경이에게 이모의 부고를 알리는 일도 내가 했다. 그때도 진
경이는 장례비 일체를 송금하겠다는 말만 하고 귀국하지 않
았다. 장례식은 외삼촌이 맡아 했지만 그 뒤처리는 나와 어머
니가 떠안을 수밖에 없었다. 이종사촌 간이라고 해도 제 어머
니 장례식을 다른 누구에게 떠넘겼으면 아무리 먼 미국에서
살고 있다고 해도 한 번은 찾아와 고맙다는 인사는 해야 하는
건 아닌가. 찾아오기는커녕 전화 통화 한 번 없는 진경이가
괘씸하기만 했다. 어려운 가정형편을 빌미로 나와 친정어머

니가 베푸는 일은 의무이고, 자기가 받는 것은 권리라고 생각하는 건가. 속이 부글부글 끓어올랐다.

이모가 돌아가시고 서너 달이 지난 후였다. 큰집에 얹혀 지내고 있던 진경의 두 남동생이 친정어머니를 찾아왔다. 누나가 책임을 지겠으니 미국으로 들어와 살라고 비행기 티켓을 보내주었다고 했다. 미국으로 들어오기 전에 이모에게 인사를 하라고 해서 온 것이라고 했다. 그때도 어머니와 나는 필요한 물품들을 적잖이 챙겨서 보냈다. 두 남동생이 미국으로 들어간 후 진경이 이모인 친정어머니에게는 전화해 고맙다는 인사를 했지만 나에게는 아무런 말이 없었다. 이모가 고생하며 살아 계실 때는 나의 불평 못지않게 진경이를 원망했던 친정어머니는 두 남동생이 미국으로 들어간 후부터는 말이 바뀌었다. 박복한 제 엄마 세상 떠난 거야 어쩌겠니. 큰집에 얹혀사는 진우와 진석이까지 나 몰라라 하지 않았으니 그것만으로도 다행이지. 잘 살아야 할 텐데…… 진경이를 걱정하는 말을 종종 하셨다. 그 후 진경이는 친정어머니에게는 더러 안부를 묻는 전화를 했지만 나에게는 그렇지 않았다. 이번 귀국도 내가 아닌 친정어머니를 보러 온 것이겠지만 이미 입국해 인천공항에 있다는 말이 좀처럼 믿기지 않았다.

인터폰 소리가 들린 건 정오가 조금 지난 무렵이었다. 현관문을 열고 보니 한 여자가 서 있었다. 날씬한 몸매에 긴 생머리를 하고 화려하면서도 우아한 무늬의 원피스를 차려입고 있었다. 낯설었지만 진경이인 것은 바로 알아볼 수 있었다. 쉰 살의 나이가 믿어지지 않을 만큼 세련된 진경이 모습을 본 순간 어릴 때 동물원에서 보았던 자바 공작새가 눈앞에 떠올랐다.

나와 진경이는 같은 동네에 살면서 같은 초등학교를 다녔다. 봄 소풍으로 동물원을 간 적이 있었다. 점심 식사 도중 우리 안에 있던 자바 공작새가 날개를 활짝 펼치는 걸 보고 아이들은 와! 와! 소리를 지르며 손뼉을 쳤다. 그날 소풍 행사에 포함되어 있던 미술대회에서 진경이는 날개를 활짝 편 공작새를 그려서 1등 상을 탔다. 문 앞에 서 있는 진경이의 모습이 기억의 저편으로 가라앉아 있던 자바공작새와 중첩되어 보였다.

"진경이 맞아?"

내 말이 끝나기도 전에 진경이 와락 달려들어 나를 끌어안았다.

"오우, 내가 알고 있던 도도한 아가씨 양윤경이는 어디로 가고 이 아줌마는 누구야?"

발음조차 어눌해져 버터 냄새가 물씬 났다.

"이모는 언제 오시나? 건강은 어때?"

집 안으로 들어온 진경이는 공항에서 통화를 했을 때처럼 눈앞에 있는 나의 안부보다 이모인 친정어머니의 근황부터 물었다. 친정어머니는 아픔을 친구 삼아 죽음을 고향 삼아 산다는 말을 입에 달고 지내면서도 손수 밥을 해 드시고 가고 싶은 곳은 자유롭게 다니실 수 있을 만큼 건강에는 문제가 없었다.

"연세에 비해 10년은 젊어 보일 만큼 아무 문제 없이 잘 지내고 계셔."

나의 말에 진경이 함박웃음을 지었다.

"배고플 텐데 밥부터 먹자."

진경이를 주방 식탁 앞으로 데리고 갔다. 음식이 차려진 식탁을 본 진경이 와우 감탄사를 내뱉으며 자리에 앉았다.

"윤경아, 기억나니? 우리 공기놀이나 팔방치기, 술래잡기, 고무줄넘기 같은 놀이할 때 말이야. 새끼손가락을 걸고 엄지손가락으로 도장 찍으며 깜부 맺기 하고, 반대로 삐치거나 싸우면 엄지손가락끼리 툭 치며 깜부 풀기도 했던 것 말이야."

초등학교 시절 진경이와 붙어 지내느라고 다른 친구들과 사귀거나 놀아본 적이 거의 없었다. 함께 보낸 시간을 잊는다는 것은 유년 시절 전부를 잃는 것과 같았다.

"너랑 나랑 골방에서 연극 놀이를 하다가 늦은 시간까지 잠이 들었던 바람에 두 집이 발칵 뒤집혔던 일도 있었는데 기억하고 있니?"

"오프 코오스. 오프 코오스."

진경이 기억이 생생하다고 깔깔 웃으며 영어로 대답했다.

진경이 지난 25년 동안 연락 한 번 없었던 건 나와 함께했던 유년의 추억 같은 건 아무 의미 없는 일로 여기고 기억에서 아주 지우고 살고 있다고 생각했었다. 하지만 25년 만에 만난 진경이는 나의 짐작과 달리 모든 일들을 생생하게 기억하고 있었다. 진경이 모습이 내 생각과 배치되지 않아서인지 낯설게만 보였다. 그럼에도 불구하고 그동안 내게 전화 한 번 없었던 이유가 무엇 때문이었을까. 이유를 묻고 싶은 충동이 일었다. 다른 건 관두고서라도 제 어머니 아파 입원을 했을 때, 장례식을 치렀을 때, 두 동생이 미국으로 들어갈 때 필요한 물품을 챙겨 보냈을 때, 그때만이라도 전화 한 통쯤은 했어야 하는 것 아닐까. 이해가 불가했다. 물론 내가 먼저 왜 그랬냐고 해명이든 변명이든 해보라고 할 수도 있었다. 하지만 그 일에 관한 한 진경이 먼저 말을 꺼내는 것이 도리라고 생각했다. 하지만 진경이는 그 일과 관련해서는 입도 뻥긋하지 않았다. 의학적 용어로 통증 기피증이란 게 있다는 말을 들은 적 있었다. 고통스러웠던 경험이나 기억은 무의식적으로 피하면서 망각을 방어기제로 삼는 것이라고 한다. 진경이도 그럴지도 모른다는 생각이 들었다. 친정어머니는 진경이에게 듣기 불편한 말은 하지 말라고 했지만 망각이란 가면 뒤에 숨어 있는 진짜 진경이를 끄집어내고 싶은 충동은 좀처럼 가라 앉지 않았다. 위태로울 만큼 감정이 요동을 치고 있는 중에도 최소한의 이성은 남아 있었는지 그 일을 입 밖으로 내뱉게 될 때 어색해질 상황에 대한 염려는 있었다. 이야기도 길어질 수밖에 없을 건 분명하다는 생각이 들었다. 여독이라도 좀 풀린 뒤에 하는 것이 맞을 것 같다고 감정을 자제한 나는 목구멍에서 튀어나오려는 말들을 억지로 삼켰다.

식사를 마치고 차를 마시는 동안 진경이는 고국 이야기를 했다. 소식을 아주 단절하고 살았던 것도 아닌데 공항에서 집으로 오는 동안 차창 너머로 본 거리 풍경이 너무 많이 변해 있어서 다른 나라에 와 있는 기분이었다고 했다. 자신의 머릿속에 있는 고국은 25년 전 그날에 멈춰 있다고 했다. 미국에서도 이방인으로 살았는데 고국에서도 이방인이 되어 있는 느낌이라고 했다. 참 많이 달라진 고국 현실에 감탄을 금치 못하던 진경이 시차를 이기지 못하고 하품을 늘어지게 했다. 나는 아들이 군에 입대해 비어 있는 방에 진경이의 잠자리를 마련해주고 친정어머니가 오실 때까지 진경에게 먹일 찬거리를 사러 마트로 갔다. 해가 기울어 어스름이 내릴 때가 되어서야 눈을 뜬 진경이는 저녁 식사 후에는 텔레비전을 시청하다가 이내 또다시 자리에 누웠다.

"이렇게 정신없이 곯아떨어져보기는 수십 년 만에 처음인 것 같아. 이런 게 고국이 주는 편안함인가 봐."

다음 날 아침이 되어서야 잠에서 완전히 깬 진경이 흐트러진 머리카락을 쓸어 올리며 말했다. 베란다로 나가 바깥을 살피다가 들어온 진경이 욕실로 들어갔다. 쏴아 하고 샤워기에서 흘러나오는 물소리를 들은 나는 된장찌개를 올려놓은 가스레인지의 스위치를 돌려 점화를 했다. 식탁에 상을 차리고 있을 때 샤워를 마친 진경이 욕실에서 나왔다. 화장이 지워진 맨얼굴은 또 다른 사람처럼 보였다. 얼굴 피부는 잡티 하나 없이 매끄러웠는데도 중병을 앓고 있는 사람처럼 창백해 보였다. 여독 때문만은 아닌 것 같았다. 무슨 고생을 얼마나 하고 살아 얼굴 혈색이 저런 걸까? 어제 보았던 우아한 자바공작새가 아닌 병든 닭 한 마리를 보고 있는 것 같아 애잔한 마음마저 들었다.

"미국 생활은 어땠어?"

식사를 하면서 진경이에게 물었다.

"좋아."

진경이는 한마디로 쿨하게 말했다.

"두 아들은 명문대에 입학했고, 남편은 사업가인 시부가 돌아가시고 물려받은 사업까지 합쳐 번창 중이야. 덕분에 요즘은 상류층 사람들과 어울릴 기회도 찾을 만큼 신분 상승도 했어. 진우와 진석이도 미국 생활에 잘 적응해서 지금은 결혼해

안정된 생활을 하고 있고."

진경이 자랑처럼 들리는 성공담을 늘어놓았다. 왜 그랬을까. 진경이 한 말 중에 유독 상류층 사람들과 어울릴 기회가 잦다는 부분이 확대되어 귀에 꽂혔다. 그리고 그 성공이 그리 달갑지 않았다.

'그렇게 지내느라고 그동안 전화 한 통 없었단 말이지. 성공한 사람은 초라했던 과거부터 지우려고 한다더니 너도 그런 거였어. 싸가지 없는 기집애……'

혹하고 속이 꼬여버리기까지 했다.

이모부가 사라지고 힘겹게 살아야 했던 이모를 위해 친정어머니는 알게 모르게 어떤 의무감에 짓눌려 있었다. 그렇다 보니 친정어머니는 물론 나도 진경이를 배려하고 챙겨주는 일이 습관화되어 있었다. 그럼에도 불구하고 미국으로 들어간 진경이 고마웠다는 전화 한 통 없었던 일이 나를 그저 이용 대상으로 여긴 것만 같아서 기분이 더럽기조차 했다. 그런 진경이 지금 상류층과 어울릴 만큼 신분이 상승되었다고 하니 이제 내가 베푸는 건 양에 차지도 않을 것 같았다. 보나 마나 또 베풀고 바보가 된 것 같은 더러운 기분만 남을 텐데 이제 그런 건 그만 느끼고 싶었다. 진경이에 대한 배려는 여기까지라고 생각한 나는 이제 그만 내 집을 떠나 호텔이든 모텔이든 다른 곳으로 가주었으면 좋겠다는 말을 할 작정이었다.

"한국에는 얼마나 있을 거야?"

"열흘 예정으로 나왔어."

"목적은?"

"이모와 너 보려고 왔어."

제 엄마가 돌아가셨을 때도 나오지 않았던 진경이었다. 단지 친정어머니와 내가 보고 싶어서 나왔다는 말이 곧이곧대로 들릴 리가 없었다. 그렇게 말하면 내가 또 냉큼 속을 줄 아느냐고, 믿지 않으려 애를 썼다. 남편이 올라오겠다는 연락이 왔다는 거짓말을 해서라도 진경이를 집에서 쫓아버리고 싶어졌다. 하지만 생각처럼 말이 쉽게 나오지가 않았다. 또 하룻밤을 집에서 재웠다.

다음 날 이른 오후에 친정어머니가 전화를 했다. 서울 집에 왔으니까 지금 바로 진경이를 보내라고 하셨다. 초행길이니만큼 혼자 보내지 말고 같이 오라는 말씀에 나는 그렇게 하겠다고 대답했다.

택시를 잡아타고 친정어머니 집으로 가는 도중이었다.

"고국에 대한 나의 기억은 25년 전에 멈춰 있는데 그사이 이렇게 변해 있다니…… 저긴 산이었는데 저런 대규모 아파트가 들어서 있다니…… 여긴 모두 논밭이었는데 어머머, 빌딩들 좀 봐."

진경이 몰라보게 변한 거리 구경에 차창에서 눈을 뗄 줄 모르고 있는 사이 택시는 친정어머니가 사는 아파트 단지에 도착했다.

오층 친정어머니가 살고 계시는 아파트로 올라갔다. 내가 벨을 누를 때 진경이는 심장이 마구 뛴다면서 손으로 가슴을 지그시 눌렀다. 현관문을 열고 얼굴을 내민 친정어머니의 얼굴에는 웃음꽃이 활짝 피어 있었다.

"아이고! 이게 누고? 진짜 진경이 맞나!"

25년 만에 조카를 대면한 친정어머니는 목소리가 흥분되어 있었다.

"이모, 절 받으세요."

집 안으로 들어온 진경이 친정어머니 앞에 두 손을 모으고 말했다.

"얘야, 절은 무슨 절, 관둬라."

손을 휘저으며 입으로는 거절했지만 몸은 이미 절을 받을 자세를 잡고 앉아 계셨다.

"진작 찾아뵀어야 했는데 늦어서 죄송해요. 건강하게 더 오래오래 사셔야 해요."

절을 올린 진경이 친정어머니 무릎에 얼굴을 파묻고는 등을 들썩거리고 울었다. 어머니는 진경이의 등을 손으로 다독다독 토닥이셨다.

"너 보고 죽을 수 있을 거란 기대 안 했는데 내 명줄이 긴

덕인 것 같다."

이모와 조카의 눈물 어린 상봉에 나도 조금은 가슴이 찡해졌다.

"윤경이 저것은 엎어지면 코 닿을 곳에 살아도 내가 부르기 전에는 절대 안 오는데 이국 멀리 가 있는 조카가 이모를 보러 일부러 나왔다니 이게 웬 복인지 모르겠다."

어머니의 그 말이 울컥했던 내 기분을 일시에 날려버리고 말았다. 언제는 입만 열면 진경이와 이모부를 싸잡아 욕하더니…… 콧물만 나도 불러대는 바람에 자청해 찾을 틈도 주지 않아놓고 부르기 전에는 절대 안 온다고? 발바닥이 아프도록 쫓아다녔던 일이 억울하기까지 해 속이 휙 뒤집히고 말았다.

"너 어렸을 때 네 엄마보다 나를 더 좋아해서 네 엄마가 삐친 적도 있었는데……"

"그때 속으로 이모가 우리 엄마였으면 좋겠다는 생각을 참 많이 했었어요."

"그랬나. 네 엄마가 널 얼마나 끔찍하게 여겼는데 와?"

"엄마는 몸이 약한데다 이모만큼 아는 것도 없다 보니 어린 마음에도 엄마를 믿고 살기에는 내심 불안했나 봐요."

속이 상해 있는 나와 달리 이모와 조카의 상봉은 눈물 없이 볼 수 없을 만큼 애틋하게 이어지고 있었다. 끼어들 틈을 찾지 못한 나는 해야 할 일이 있어서 집으로 가야 한다고 말하고 친정어머니 집에서 나와버리고 말았다.

진경이 내게 전화를 한 것은 다음 날 정오 무렵이었다.

"지금 결혼 전에 다녔던 회사 근처 명동에 와 있어. 예전 너랑 같이 자주 드나들었던 음악다방 있는 곳에 와보니 고급 레스토랑이 있네. 옛날 생각하면서 내일은 여기 와서 밥이나 같이 먹자."

진경이 들뜬 목소리 말했다.

나는 속으로 내가 굶고 사냐? 밥 한 끼 먹자고 거기까지 가게, 하는 말을 눌러 삼켰다. 내키지 않았다.

"어쩌지. 급하게 처리해야 할 일이 많아 당분간 시간을 낼 수 없는데……"

"그, 그래? 바쁘다니 할 수 없지 뭐. 그럼 볼일 보고 잘 지내."

진경이는 내가 거절할 거라고는 미처 생각하지 못했던지 당황하며 전화를 끊었다. 통화를 마친 후 내 마음도 편치만은 않았다. 25년 만의 귀국인데 이럴 필요까지는 뭐 있어. 자책감이 없지 않으면서도 진경이를 마음에서 밀어내기 위해 안간힘을 쓰고 있었다.

다음 날 아침, 눈을 뜨자마자 진경이 생각부터 났다. 어제 내가 했던 말 때문인지 그때까지 진경이에게서 온 연락은 없었다. 어떻게 지내고 있는지 궁금해 친정어머니에게 전화했다.

"진경이는 뭐 하고 있어요?"

"큰집으로 갔다."

"갑자기 한국에 온 이유가 뭐래요?"

"내일모레가 제 엄마 기일인데 화장을 해버려 무덤은 없으니 고국에서 제사상이라도 한번 차리고 싶었고, 죽은 제 엄마를 대신해 내가 너무 보고 싶어서 왔다는 말만 하더라."

"내일모레가 이모 기일이라고?"

"언니인 나는 잊어버리고 있었는데 자식이라고 잊지 않고 지낸 모양이야."

친정어머니는 무심한 듯했던 진경이 이모의 기일을 잊지 않고 있었던 일에 감동까지 한 듯했다. 그런 진경이 나에게는 이모의 기일에 대해서는 한마디도 하지 않았다. 돌이켜보면 미국에 들어가기 전 둘이 어울려 지낼 때도 그랬었다. 하루 종일 붙어 다니면서도 중요한 일은 내게 먼저 이야기한 적이 거의 없었다. 이모 몰래 대학에 원서를 넣을 때도 그랬고, 미국인 남편과 연애할 때도 그랬다. 항상 결정하고 난 다음에 통보하듯 말했다. 그런 진경이에게 묘한 거리감을 느끼면서도 그때는 그런 일을 문제로 삼아본 적은 없었다. 기집애, 어릴 때나 지금이나 내숭 떨며 앙큼하게 구는 거는 여전하구나. 진경이 행동들이 거슬리면서 속이 뒤틀려버렸다.

"나랑도 통화를 자주 한 것은 아닌데 전화를 할 때마다 잘 지낸다는 말을 늘 했었거든. 그래도 걱정 안 끼치려고 하는 말로 듣고 다 믿지는 않았거든. 어젯밤 이야기를 들어보니 진짜로 대단하게 성공했더라. 기특하고 대견하더라."

친정어머니의 입을 통해 또 한 번 성공이란 말을 들으니 이내 속이 부글거렸다. 미국으로 떠나고 없는 진경이 뒤통수에 대고 이모부 닮아 이기적인 년이라고 푸지게 욕을 해댈 때는 언제이고 하룻밤 사이 말이 바뀐 친정어머니가 줏대 없고 밉살맞아 보였다.

"당차기가 이루 말할 수 없는 진경이에 비하면 너는 헛똑똑이로 헛살았다."

친정어머니의 그 말은 잔뜩 꼬여 있는 내 속을 제대로 긁어 버리고 말았다.

"그럼 앞으로 무슨 일이 생기면 헛똑똑이로 헛산 나 불러대지 말고 성공해서 기특하고 대견한 진경이 불러서 해결해요."

나는 발끈해서 목소리를 높여 쏘아댔다.

"쯧쯧쯧, 진경이가 미국 안 들어가고 한국에 눌러산대?"

"그런 줄 알면서 기분 나쁘게 비교하는 말을 왜 하느냐고요. 이제 와서 헛똑똑이로 헛살았다면 어쩌라는 거냐고요."

그때서야 친정어머니는 내가 많이 예민해져 있는 걸 눈치챈 것 같았다.

"에이그, 밴댕이 속도 너보다는 넓겠다. 아무튼 진경이는 나랑 어제 하룻밤 자고 아침 일찍 즈이 큰집으로 갔다. 거기서 제 엄마 제사상 차릴 모양이더라. 제 큰집에서 며칠 지내다가 바로 미국으로 갈 모양인지 여길 다시 오겠다는 말은 없었다."

친정어머니도 발끈하는 내가 못마땅했는지 그 말을 끝으로 전화를 툭 끊어버렸다.

친정어머니와 치른 설전도 나를 힘들게 했지만 진경이가 이틀이나 신세를 지고도 또 인사 한마디 없이 가버린 걸 알게 되자 미친 듯이 속이 부글거렸다. 어쨌거나 진경이는 떠나고 없었다. 원래 그랬던 애니까 존재 따윈 무시하고 머릿속에서 지워버리면 그뿐이라고 생각하고 마음을 가라앉히려 애썼다.

지방에서 근무하고 있는 남편이 올라오는 날이 되었다. 마트를 가려고 집을 나왔다. 공동현관문이 있는 일층으로 내려와보니 우편함에 편지 봉투 하나가 꽂혀 있는 게 보였다. 봉투를 꺼내 보니 공항 직인이 찍혀 있는 진경이 보낸 편지였다. 이건 또 뭐야? 불편한 마음을 지우지 못한 채로 봉투를 열었다.

─윤경아, 비행기 탑승 시간을 기다리면서 몇 자 적는다.

중년이었던 이모도 어느덧 노년, 아직 정정하신 모습으로 계셔주시니 고맙더구나. 너를 만나면 많은 이야기를 나누겠다고 생각했었는데 정작 하고 싶었던 말은 한마디도 못하고 헤어져서 많이 아쉽다. 그래서 망설이다가 펜을 들었다.

한국을 떠날 때 내 삶의 목표는 나를 아는 모든 사람들에게 성공한 모습을 보여주는 것이었단다. 생활을 온전히 책임지기에는 연약한 엄마를 둔 가난한 집안의 맏딸로 나의 자존감은 그때 바닥을 치고 있었어. 고교 시절부터 내 인생의 목표는 반드시 성공이어야 한다는 강박에 사로잡혀 있었단다. 미국 남편과 결혼한 것도 그런 생각을 갖고 있었기 때문이지.

네가 미국 생활이 어땠냐고 물었을 때 나는 아무런 문제가 없는 듯 그저 좋다고만 말했었지. 반은 맞고 반은 거짓이었어. 지금은 시부가 하던 사업까지 상속받은 남편 덕분에 외적으로는 상류층들과 어울릴 수 있을 만큼 성공했으나 미국으로 입국온 후 줄곧 힘든 일들이 많았어. 미국 부잣집 아들에 이지적이고 친절해서 내가 원하는 것이면 무엇이든 다 들어줄 것 같아 선택한 백인 남편이 말이야. 막상 함께 살아보니 그건 일방적인 기대와 환상에 지나지 않았다는 걸 깨닫게 되었어. 남편은 정으로 사는 한국 남편들과는 많이 달랐거든. 부부 사이에도 네 것 내 것 구별이 분명하고, 그래서 이지적으로 보였던 모습까지도 이기적으로만 보이더구나. 문화와 정서가 다른 이국 남자와 사는 일이 결코 쉽지는 않았어. 향수병에 우울감이 커져가고 있었단다.

엄마가 병원에 입원하셨다는 연락을 받았을 때는 미처 적응하지 못한 미국 생활의 스트레스가 극에 달해 뱃속의 아이를 사산하고 자리에 누워 있었을 때였어. 솔직히 말하고 싶었어. 너에게 말하면 엄마가 알게 될까 봐 차마 말을 못하겠더라고. 고생하는 우리 엄마 외면하고 미국으로 들어간 자책감이 크다 보니 더는 걱정시키고 싶지 않아서 그랬던 거야. 그리고 5년 후 엄마가 돌아가셨어. 그런 나는 엄마를 잃고 슬퍼할 여유도 없었어. 진우와 진석이를 책임져야 하는 문제가 남아 있었거든. 꽤 여러 날 남편을 설득한 끝에 두 동생을 미국으로 불러들일 수 있었어. 그리고 얼마 지나지 않아서 나는 위암이 발병했어. 다행히 초기여서 수술을 받고 회복이 되었는데 그 과정 또한 쉽지 않았어.

이번에 너를 만나고 나에 대해 유감이 많다는 걸 느꼈어. 그때 차라리 솔직히 말했다면 너와 나 사이에 이런 벽은 생기지 않았을지도 모르는데 말이야. 그런데 너와 전화 한 번 할 여유가 생기지 않더구나. 그때는 정신건강 상담소를 다녀야 할 만큼 마음도 병이 들어 있었단다.

상담 닥터는 내 불안의 원인이 공작새증후군에서 비롯되었다고 하더구나. 의학적 용어로는 관객증후군이라고 한대. 공작새가 주변 사람들의 반응을 노리고 자신을 내보이는 행동을 하는 것처럼 남을 지나치게 의식하는 성격 때문에 생긴 정신적 스트레스래. 나는 미국 생활에서 실패하면 인생 끝이라는 생각을 잠시도 떨쳐버릴 수 없었단다. 대부분의 사람들은 보다 나은 삶을 살기 위해 노력하지만 나는 보다 나은 나를 남에게 보여주는 것이 삶의 목표가 되어버렸던 거지. 나를 상담했던 닥터의 말을 처음부터 받아들이지는 않았어. 하지만 엄마가 걱정할까 봐 내가 힘든 것을 감추고 그저 좋은 모습만 보이려고 하는 것 자체가 대표적 증상이라고 하면서 하나둘 내 안에 숨어 있던 것들은 끄집어낼 때는 아, 내가 그랬었구나, 하고 비로소 수긍이 되더라고.

그런 나를 좀 더 객관적으로 보기 위해 데이비드 엘카인드라는 심리학자가 지은 책도 읽어보았지. 그 학자를 통해 내가 얻은 처방은 일에 대한 실패나 관계 악화로 자신의 존재감이 무너질까 불안에 떠는 일에서도 벗어나야 한다는 거야. 그러니까 나는 나라는 인식을 갖고 실패나 성공과는 무관하게 내가 하고 싶은 일을 하면서 사는 것이 건강한 삶의 태도라는 거야. 닥터에게 상담도 받고 이런저런 책을 찾아 읽으며 나를 발견하기 위해 애썼던 일들이 효과가 있었나 봐. 다른 사람들에 비해 유난히 더 성공에 집착하면서 실패를 두려워하는 내 모습이 보이기 시작했어. 그리고 잃어버린 나를 보았어. 불현듯 이모와 네가 그리워지더구나. 이모와 너는 혈육의 의미를 넘어서 내 마음의 고향 같은 존재, 그러니까 나의 원형이나 다름없으니까. 다행히 이모가 아직 살아 계시니까 지금도 늦지 않은 것 같았어. 더는 지체 말고 한국을 다녀오자, 돌아가시고 없는 엄마를 대신해 이모라도 보고 오자는 마음이 간절했어. 그래서 어머니의 기일에 맞추어 비행기를 탔던 거야.

지난 25년 동안 한이 되어 맺혀 있던 우리 엄마 제사를 올리고 떠날 수 있어서 마음이 정말 편해. 큰집에서 아버지 소식도 들었어. 한 여자 보살의 도움을 받으며 큰 어려움 없이 지내다가 돌아가셨다는 말도 들었어. 참 많이 원망했던 아버지였는데 그 마음까지 모두 내려놓을 수 있어서 좋아. 미국으로 들어가면 예전보다는 가벼운 마음으로 살 수 있을 것 같아.

지금 내가 앉아 있는 로비에서 사람들이 하나둘씩 일어나는 걸 보니 탑승 시간이 된 것 같다. 네 주소도 알았으니 앞으로는 더러 소식 전할게. 늘 건강하게 잘 지내라.

─깜부 친구 진경이가

구구절절한 고백이 백지 두 장을 빼곡히 채우고 있었다. 장문의 편지를 비상계단에 걸터앉아 단숨에 읽었다. 진경이 미국으로 들어간 후 나에게 통화 한 번 없었던 것은 나 같은 건 가볍게 잊어버릴 수 있는 그런 존재로 여긴 것이라고 생각했었다. 편지를 읽고 나니 아니었다. 오해였다. 둔기로 뒤통수를 세게 얻어맞은 것 같은 느낌에 편지를 들고 있는 손까지

후들후들 떨렸다.

마트에 가는 걸 포기하고 다시 집으로 올라갔다. 소파에 앉아 진경이가 보낸 편지를 다시 읽어보았다. 미국으로 들어간후 전화 한 통 없었던 이유가 힘들게 지내고 있는 자신의 생활이 이모에게 알려질까 봐 그랬던 것인데 내막을 알지도 못한 채 불평만 해대었던 내 모습이 반추되었다.

'그렇게 힘들었다면 진작 좀 솔직히 말해주지. 뭐가 겁이나서 그렇게 꽁꽁 숨기고 살았던 거야. 기집애, 사람 뒤통수치는 데는 선수라니까.'

그만 소리를 내어 엉엉 울고 말았다.

진경이의 성공한 삶에 축하한다는 말 한번 해주지 않았던일이 마음에 걸렸다. 사람은 누구라도 보다 나은 삶을 살고싶어 하는 욕망이 있다. 나도 그랬다. 진경이는 내가 큰 어려움 없이 그저 순탄하게만 살아온 것으로 보았는지 몰라도 그렇지 않았다. 나 또한 이루고 싶은 꿈이 있었다. 능력의 한계를 깨닫고 좀 더 일찍 나를 실현하는 일을 포기했을 뿐이었다. 지금도 이루지 못한 꿈들이 시시때때로 나를 우울하고 쓸쓸하게 만든다. 25년 만에 고국을 찾아온 진경이에게 끝까지친절할 수 없었던 것은 사정을 알지 못해 오해를 했던 일 때문이긴 했으나 그것이 전부는 아니었다. 상류층들과 어울릴만큼 성공했다는 한마디가 내 안에 잠재되어 있던 콤플렉스를 자극함과 동시에 질투에 휘말리고 말았던 것이다. 진경이 어려운 환경에서 살아갈 때 도울 수 있는 위치에 있었다는 것으로 나 자신을 스스로 우월한 존재로 여기고 있었던 나로서는 처지가 역전되는 것은 받아들일 수 없는 일이었다. 그래서 속이 더 꼬이고 말았던 것은 부인할 수 없는 일이었다. 편지를 통해 진경이의 아픔을 알고 나니 나의 오해와 질투가 얼마나 경솔한 행동이었는지 절로 깨달아졌다. 그런 내막을 모두 알게 된 지금 진경이 아직 비행기를 타기 전이라면 공항으로 달려가고 싶었다. 더도 말고 이틀만 나와 더 지내고 가라고 붙잡고 사정하고 싶었다. 안타깝게도 진경이는 이미 미국에 도착해 일상에 복귀해 있을 것이다. 늘 그랬다고 생각했었으니 한 번만 더 당해줄걸. 때늦은 후회와 자책감을 못 이긴 나머지 거실 바닥에 벌렁 누워버렸다. 감정 제어 버튼이 작동 불능이 되어버린 듯 눈물이 볼을 타고 흘러내렸다. 눈물을 한참이나 더 쏟아낸 후에야 평정심을 찾을 수 있었다.

입국 전 진경이를 떠올릴 때면 자욱한 안개에 가려진 바깥 풍경처럼 그렇게만 보였었다. 안개가 진경이를 에워싸고 있는 동안 나는 눈으로 직접 볼 수 없는 것에 대해서는 왜곡된 상상을 가미하고 지냈다. 위험한 왜곡이었다. 진경이 미국으로 떠나고 없는 지금 나는 뒤늦게야 내 안에 숨어 있던 치졸함이 보였다. 진경이에게 편지를 쓰면 뭐라고 써야 하나. 생각에 잠겨 있던 나는 일어나서 진경이 잠을 잤던 방, 함께 밥을 먹었던 식탁, 시간만 나면 나가 밖을 내다보았던 베란다를 차례로 둘러보았다. 이상했다. 같은 공간인데도 진경이 스쳐 간 자리들이 낯선 장소처럼 보였다. 그 자리마다 날개를 활짝 펼치고 있는 자바공작새가 보였다. 진경아, 잘했어. 아주 잘했어. 모쪼록 이제부터는 보다 건강히 잘 지내주기만을 바란다. 나는 자바공작새를 향해 손바닥이 아프도록 박수를 치고 또 쳤다.

붉은가슴울새

한정식 음식점은 외관부터 고급스러웠다. 서울 외곽에 있는 이 음식점은 비싼 음식값에도 불구하고 찾는 손님이 많은 곳으로 소문이 난 곳이라고 했다. 내가 안내를 받은 방은 건물 끝 쪽에 위치한 밀실처럼 조용한 방이었다. 벽 하나가 통유리로 되어 있었다. 유리벽 너머에는 계절에 어울리지 않는 꽃들이 피어 있는 실내 정원도 있었다. 알록달록 피어 있는 꽃들이 너무 싱싱해 보여서 조화일 거라고 생각했다. 아니었다. 그 꽃 모두 생화였다.

자리를 잡고 앉아 있자 잠시 후 음식들이 나오기 시작했다. 탁자에 차려진 음식들은 실내 분위기만큼 고급스러웠다. 녹두죽을 시작으로 탕평채, 흑깨 소스를 얹은 야채 샐러드, 인삼과 전복이 들어간 갈비찜, 참치회, 새우와 버섯 튀김 외에도 몇 가지 요리가 더 나왔다. 마지막으로 나온 밥도 흑미를 섞은 즉석 돌솥밥에 곰취, 곤드레, 취나물 같은 산나물 세트와 매실장아찌, 멜론장아찌가 곁들여지고 청국장, 된장찌개, 김치찌개도 나왔다. 한정식집이 흔한 요즘, 음식 재료는 특별하지 않았지만 플레이팅이 예술적으로 보일 만큼 뛰어났다.

모인 사람들 중 어느 누구도 게걸스럽게 음식을 먹어치우는 짓 따위는 하지 않았다. 말을 할 땐 낮은 목소리로 필요 이상 길어지지 않도록 타임을 조절하는 것도 잊지 않았고, 상대의 말에도 논쟁을 불러일으킬 만한 말은 피하는 화법으로 품격을 유지하는 것도 잊지 않았다. 그런 한편으로 말을 할 때는 연결 마디를 분절하는 어투를 사용하여 상대보다 자신이 우위에 있음을 은근히 과시하기도 했다. 그런 손님을 모시는 종업원의 태도는 극진했다.

"소설가 서윤서 씨입니다."

식사를 마치고 차를 마실 때야 정란 선배는 일행에게 정식으로 나를 소개했다.

"서윤서 소설가? 처음 들어보는 이름인데……"

노블레스한 부인 중 한 분이 나를 쳐다보고는 시큰둥한 반응을 보였다. 다른 부인들도 만나서 반갑다는 의례적인 인사 한마디만 하고는 시선을 이내 돌려버렸다. 어쩌다가 나와 시선이 마주쳐도 관심을 보일 만한 상대가 아니라는 듯 시선을 다른 곳으로 돌리고 말았다. 그럴 때마다 나는 제대로 무시를 당하는 기분이 들었다. 잠시 후면 떠날 자리에 의미를 둘 필요가 없다고 생각하면서도 주눅으로 잔뜩 짓눌려 있었다.

이 불편한 자리에 나를 끼어 앉힌 사람은 정란 선배였다. 일주일 전 잘난 남편과 사는 노블레스한 부인들끼리 모이는 모임이 있는데 같이 가자고 했다. 정란 선배는 유명 패션 잡지사에서 편집국장을 하다 퇴직했다. 일행들 대부분 그때 만난 사람들로 모임을 만들어 만나고 있다고 했다. 나 같은 소시민이 노블레스한 부인들과 어울릴 일이 뭐 있느냐고 고개를 흔들었다. 나의 거절에 정란 선배는 사람이 왜 이렇게 순진하게 구느냐고 힐책하고는 네 삶의 지평을 넓힐 수 있는 기회가 될 수도 있으니까 무조건 참석하라고 했다. 그리고 사흘 전 문자를 받았다. 노블레스한 부인들의 모임 날짜가 잡혔어. 이번 주 금요일 열두시야. 장소는 경기도에 있는 유명 한정식집. 준비하고 있어. 열한시까지 집 앞으로 픽업하러 갈게. 도착해서 전화할 테니까 미리 집에서 나와 있을 필요는 없어. 받은 문자의 내용은 그것이 전부였다. 적의를 표할 때는 칼같이, 호의를 표할 때는 감동을 할 만큼 배려하는 것이 정란 선배의 인간관계 스타일이었다. 평소 나를 동생처럼 여기고 있는 정란 선배는 자신이 만나는 사람들과 합석을 시킬 때가 종종 더러 있었다. 그때마다 소설 소재가 될 만한 인물이 있는지 잘 보라고 했다. 말과 달리 막상 참석해보면 소설의 캐릭터로 삼을 만한 그런 사람은 없었다. 이번 모임에 나를 끌어들이려는 이유는 그런 건 아닌 것 같았다. 의도가 있는 것은 분명한데 속은 털어놓지 않고 일방적으로 참석을 요구했다.

공교롭게도 정란 선배가 참석을 강요한 오늘은 중학교 동창인 희련의 생일이다. 나의 입장에서는 노블레스한 부인들과의 한 끼 식사가 오랜 친구의 생일 축하 약속을 깰 만큼 중요한 일은 아니었다. 그럼에도 불구하고 참석하는 쪽으로 결정을 한 것은 노블레스라는 수식어까지 붙여 부르는 사람들은 어떤 사람일까 궁금증이 일었기 때문이었다. 생일 전날에야 나는 희련에게 전화했다. 갑자기 중요한 일이 생겼다고, 약속을 지킬 수 없어서 미안하다고 했다. 희련이는 중요한 일이 있다면 그것부터 챙겨야지 해마다 있는 생일이 뭐가 대수냐고 하면서도 조금은 서운해했다.

사실 희련이야말로 잘나가던 남편과 살았던 노블레스한 부인이었다. 희련이의 남편은 지방 출신으로 가난한 집안의 장남으로 태어났다. 명문대를 수석으로 입학하고, 졸업도 수석으로 하여 대기업체 이곳저곳에서 경쟁적으로 스카우트를 했던 사람이었다. 취업 후에는 가난한 부모를 대신해 여러 형제 모두 공부시켰다. 우수한 두뇌만큼 정의감과 도덕심도 강했다. 능력에 인품까지 갖추고 있다 보니 빠르게 회장의 신임을 받아 최측근이 되었다. 잘나가고 있던 중 회장으로부터 비밀리에 어떤 불법을 지시받았다고 한다. 회사의 발전과 관련된 일로 경쟁 회사를 공격하기 위한 방법으로 모 정치인의 불법 정치 자금을 조성하는 일이었다. 그 일 자체가 불법인데다가 회사는 파산에 가까울 만큼 피해를 볼 수 있는 문제이었기에 고민 끝에 거부를 했다고 한다. 그런데도 그 일 모두 희련이 남편이 계획한 범죄로 몰아갔다고 한다. 검찰에 불려가 조사를 받을 때 모욕감이 얼마나 심했는지 풀려난 지 일주일 만에 목을 매고 자살해버렸다. 남편은 노블레스만이 아니라 오블리주까지 실천하고자 했던 사람이었음에 불구하고 범죄자가 되어 생을 마감하고 말았다. 희련이는 그때 받은 충격으로 공황장애와 불안장애가 발병했다. 종교 생활과 병원 치료를 병행하며 아직도 치료 중에 있다. 남편이 자살한 이후 내가 희련이의 생일을 꼬박꼬박 챙기고 있는 이유이기도 하다.

자리에 앉아 있는 사람들은 성공의 정점을 찍은 남편을 둔 덕에 귀티가 좔좔 흘렀다. 고가의 명품 옷에 명품 핸드백은 아무것도 아니었다. 타고 온 승용차는 상상을 훌쩍 뛰어넘는 억대의 차종들이 대부분이었다. 그런 것만으로도 기가 죽기 충분한데 노골적으로 무시하는 태도를 보이니 피곤이 극에 달하고 말았다. 오늘 만남이 내 삶의 지평을 넓히는 기회가 될 거라고 했던 정란 선배의 말과 달리 나는 더 쪼그라들 어버리고 말았다. 내가 왜 이런 굴욕을 감수하면서 이곳에 앉아 있어야 하는 거지. 회의감이 극에 달했다. 불편함을 참고 억지로 자리에 앉아 있을 때 정란 선배가 입을 내 귀에 바짝 대고 속닥였다. 저기 두번째 앉아 있는 분이 G물산 대표 부인이야. 나와는 대학 선후배 사이이고, 잡지사에서 일할 때 G물산 광고를 도맡아 할 수 있었던 것도 저 선배 입김 덕분이었거든. 그다음 맞은편은 전직 장관 부인, 그리고 건설사 회장 부인, 부장 검사 부인, 병원장 부인…… 정란 선배는 화려한 인맥을 자랑하듯 일일이 소개했다.

*

차를 타고 집으로 돌아오는 길에 나는 줄곧 투덜거렸다. 내가 해야 할 역할이 있는 것도 아닌데 그 자리에 굳이 나를 데리고 간 이유가 뭐냐, 선배 인맥을 과시해 보이려고 한 것이냐. 툴툴대는 말이 정란 선배에게는 재미있게 들린 모양이었다. 실실 웃으면서 단지 네 삶의 지평을 넓힐 수 있는 기회를 만들어주고 싶었을 뿐이라는 말만 지겹게 반복했다. 목적어는 빼놓고 추상적인 말만 반복하고 있어 놀림을 당한 기분마저 들었던 나는 발끈하고 말았다. 사람을 불러 앉혀놓고 초라

함만 잔뜩 일깨워주는 것이 내 삶의 지평을 넓히는 일은 아니지 않느냐고 따졌다. 그럴수록 정란 선배는 더 능글능글하게 웃었다. 애써 자리를 만들어주었으면 찬스는 네가 만들어야지. 느낌이 팍 오는 사람 하나 딱 잡아서 말이야. 믿고 있는 정란 선배에게 급기야 농락을 당하는 기분마저 들면서 피곤은 극에 이르고 말았다.

차창에 머리를 기대고 스쳐 지나가는 풍경을 멍하니 바라보았다. 눈으로는 인도를 끼고 즐비하게 늘어선 상점들을 보고 있었지만 정작 나의 망막을 채우고 있는 것은 강남 3구에 속한다고는 하지만 한 동뿐인 나홀로 아파트인 우리 집이었다. 우리나라 중산층을 상징한다는 아파트 32평에 산다는 것만으로 자족을 가장하고 살았었다. 그랬던 내가 마주 앉은 노블레스한 부인들 앞에서는 벌레가 되어버린 것만 같은 기분이 들었다.

애써 자족을 가장하고 살고 있는 그 집에서 함께 살고 있는 남편과 사이도 좋지 못했다. 가정은 평수에 앞서 작은 성전일 수 있어야 한다고 했다. 존재 그 자체를 인정하면서 기쁜 마음으로 헌신하는 사랑의 공동체여야 한다고 했다. 내가 그렇게 살고 있나. 그렇지 못했다. 가족을 부양하는 일에 생색만으로는 부족하다고 여긴 남편은 늘 특별한 대우를 원했다. 하는 일이 꼬여 스트레스 지수가 증가하면 나를 화풀이 상대로 삼았다. 거친 욕설을 입에 담는 일도 허다했고, 무시하는 말도 자주 했다. 네가 소설가라고 해봤자 누가 알아주기나 하냐. 돈도 되지 않는 소설 쓰면서 꼴같잖게 고상 떨지 말라며 존재 자체를 부정하는 말로 괴롭힐 때면 정말이지 불이라도 싸질러버리고 생을 끝내고 싶은 파괴적 충동이 머리 꼭대기까지 치솟았다. 다음 날 남편이 한 말에 대해 따져 물으면 술에 취해 그랬을 뿐이라고 변명 아닌 변명만 할 뿐 미안하다, 잘못했다는 말은 절대로 하지 않았다. 그때는 아이들이 어려 이혼은 꿈도 꿀 수 없었다. 걸핏하면 돈도 되지 않는 소설이나 쓰는 주제에…… 그런 말을 내뱉는 남편에게 나의 존재감을 보다 확실히 인식시킬 필요가 있음을 느꼈다. 남편의 말대로 돈 안 되는 소설 쓰기를 접고 돈 되는 논술 강사로 뛰기 시작했다. 그 기간이 10년 남짓이었다. 수입은 좋았지만 죽을 만큼 힘이 들었다. 자정 가까운 시간까지 수업을 하고 집으로 돌아오면 나를 기다리던 아이들은 책상에 엎드려 자고 있을 때가 많았다. 아이들을 침대에 눕힐 때마다 가슴이 무너져 내리곤 했다. 남의 자식 가르치느라 내 자식 공부는 뒷전인 내 처지가 어느 비극의 드라마 주인공보다 더 비참하게 여겨져 흐느껴 울었던 적도 많았다. 자정이 넘도록 종종걸음을 치면서 집 안 정리를 마치고 나면 남편은 그때서야 현관문을 열고 들어왔다. 그런 남편을 웃으며 맞을 수는 없었다. 술 냄새를 풍기며 집 안으로 들어온 남편을 못 본 체하면 불만이 이글이글 타오르는 눈빛으로 나를 쏘아보았다. 야, 네까짓 게 벌면 얼마나 번다고 유세야, 나 들어오는 거 쳐다보기나 하고 밥 먹었냐고 물어보기나 했느냐고 트집을 잡기도 했다. 내가 바쁜 일정으로 온종일 허둥거려도 집안일에는 눈곱만큼의 관심도 보이지 않는 남편은 내 기를 죽이는 일에만 기를 썼다. 그런 남편에 대한 나의 혐오는 극에 달해 있었다. 때론 남편과 한 공간에 있다는 자체만으로 머리가 획하고 돌아버릴 것 같았다. 자신을 떠받들어주는 일이 아니면 내가 무엇을 해도 불만인 남편에게 실망을 넘어 절망을 해버린 나는 열받은 김에 확 밀어서 뇌진탕으로 죽어버리게 만들까, 그런 생각이 들 때도 있었다. 그렇지만 죄 없는 아이들에게 남편을 살해한 살인자 엄마를 둔 자식이라는 낙인을 찍어줄 수는 없었다. 아이들이 좀 더 성장한 후에는 이혼을 요구하기도 했었다. 남편은 우리 집안에서는 누구도 이혼을 한 사람이 없으므로 그 일만은 절대로 안 된다고 자리를 피해버렸다. 덕분에 나는 불만과 회피가 전부인 남편을 혐오하는 일로 내 중년을 허비해버렸다. 가족은 사랑을 중심에 두고 서로 감싸고 위로하며 살아야 하는 공동체이지 대립각을 세우고 사는 사람들의 집합체가 되어서는 안 된다는 걸 모르지 않았다. 살다 보니 반드시 그래야만 한다고 생각했던 일들이 그러면 안 되는 원치 않는 방향으로 흘러가는 일이 적잖았다. 사는 일은 결코 계획한 대로 흘러가주는 것도 아니고, 현실 또한 옳고 그름이 분명한 것이 아니라 모순으로 범벅된 채 이루어져 있다는 것을 깨달은 것도 그때부터였다.

나와 남편의 오랜 불화는 사춘기의 아들에게는 아픔이 되었다. 남편은 앞에 있는 아내에게는 온갖 모욕적인 말을 해대면서도 아들에게는 반듯하게 살아라, 열심히 살아라, 성실해라, 그런 말을 자주 했다. 아들은 앞에서는 "네"라고 대답하지만 돌아서서는 "뭐야, 그런 당신은 반듯하게, 열심히, 성실하게 살고 있나. 당신이나 엄마에게 잘하세요" 하고 혼잣말을 중얼거리고는 으으으 비명 같은 신음을 내뱉을 때도 있었다.

어느 날인가, 방으로 들어간 아들이 종일 기척 없이 조용했다. 문을 열어보았다. 아들은 침대에서 자고 있었다. 여느 날과 달리 책상에 A4 용지가 여러 장 널려 있었다. 저건 뭐지 싶어 책상 앞으로 가서 보니 컴퓨터로 쓴 글을 프린트로 뽑아놓은 것이었다. A4 용지를 들고 조심조심 방을 나와 읽어보았다. 학교에서 해 오라고 한 독후감 숙제 같았다. A4 용지 여러 장을 채운 아들의 독후감은 스웨덴 태생의 작가 셀마 라게를뢰프의 작품 「붉은가슴울새」를 읽고 쓴 것이었다. 제목이 '붉은가슴울새는 나의 자화상'이었다. 붉은가슴울새는 주변에 있는 새들이 모두 아름다워 자신도 이름처럼 아름다운 붉은 깃털을 가지고 있을 거라고 믿고 있었다. 어느 날 수면에 비친 모습을 통해 자신의 실체를 보게 된다. 이름과 달리 자신의 가슴이 붉은 깃털이 아닌 잿빛투성이 초라한 모습인 걸 깨닫고 크게 실망을 하고 말았다. 어떻게 하면 자신도 이름처럼 아름다운 붉은 깃털을 가질 수 있을까. 가시나무 덤불에 가슴을 찔러 흘린 붉은 피로 깃털을 물들여보지만 금방 지워지고 말았다. 그 새는 슬피 울며 자신의 깃털을 아름답게 물들여줄 것을 찾아 날아다니고 있다. 그렇게 요약한 줄거리에 이어서 적어놓은 아들의 글을 읽은 나는 충격을 받고 말았다.

친구들은 내가 회사 이름만 대면 누구나 알아주는 건설회사의 간부인 아버지와 소설가인 어머니를 부모로 두고 있어 좋겠다는 말을 한다. 하지만 그건 실상을 모르고 하는 말이다. 아버지는 조만간 회사를 퇴직하고 남들이 모두 부러워하는 멋진 집을 짓는 꿈을 가지고 있다. 어머니도 소설 속에서는 속물적인 삶을 살아가는 가진 자들을 비판하고 가난하고 약하지만 선한 사람들의 편에 서서 우리가 추구해야 할 가치가 무엇이고 진정한 인간다움이란 어떤 것인지 보여주고자 하는 글을 즐겨 쓰신다. 하지만 내 눈에 비친 아버지는 외관은 멋진 집을 지을 수 있을지 몰라도 그 집에서 사는 가족들의 멋진 삶에 대해서는 관심이 없다. 어머니 또한 소설에서는 자신이 꿈꾸는 세계를 제법 고상하게 그리고 있지만 실상은 속물적인 욕구 불만으로 흔들리기를 잘하면서 속물적인 사람들과 곧잘 어울려 다닌다. 그런 부모님은 각자 자신이 원하는 것에만 매몰되어 자식인 내가 어떤 아픔을 안고 지내는지 관심이 없다. 그래서일까. 친구들이 나를 부러워하는 말을 하면 이름만 깃털이 붉은 새이지 실제 깃털은 잿빛으로 덮여 있는 붉은가슴울새에 지나지 않는 괴리감을 느낀다.

아들은 그래서 괴롭다고 써놓았다. 누구보다 아들을 위해 헌신적으로 살아왔다고 자부했던 나였다. 아들의 눈에 비친 나는 아니었다. 위선적인 글이나 쓰면서 자식이 안고 있는 고민에는 관심도 없는 어머니에 지나지 않았다. 글을 다 읽었을 때는 지금껏 죽을힘을 다해 살아왔다고 믿은 내 삶이 낱낱이 분해되어 공중으로 휙 날아가버린 것만 같았다.

그 무렵 늘 상위권이던 아들의 성적이 떨어지기 시작했다. 그 책임이 나에게 있는 것만 같았다. 고민 끝에 논술 학원에서 강사로 뛰던 일을 그만두었다. 남편은 앞으로 아이들에게 들어갈 돈이 적잖은데 일은 왜 그만두었냐고 화를 냈다. 그 말은 결코 아들을 위한 걱정이 아니었다. 건설회사를 퇴직하고 단독주택을 지어 분양하는 업자들과 새 사업을 시작했을 때 생기게 될 경제적 부담을 내게 떠넘기려는 의도를 안고 한 말이었다. 학원 일과 집안일로 밤낮없이 바쁘게 지내고 있는 나에게 수고한다는 말 한마디 없이 네까짓 게 벌면 얼마나 번다고 유세를 떠느냐고 빈정대었던 남편이었다. 그런 말을 들을 때마다 치욕감에 몸을 떨었던 나는 왜 학원 일을 그만두느냐고 하는 남편의 뺨을 있는 힘껏 후려치고 말았다. 느닷없이 뺨을 얻어맞은 남편은 두 손으로 얼굴을 움켜잡은 채 눈을 휘둥그레 뜨고는 이년이 미쳤나, 하고 소리를 질렀다. 나는 그런 남편을 똑바로 쳐다보고 지금 당장 죽고 싶지 않으면 이제 그만 괴롭혀, 내가 돈도 안 되는 소설을 쓰든지 말든지, 학원 일을 계속하든지 말든지 그건 내 자유이니까, 하고 악을 쓰고는 방으로 들어가 엉엉 울었다.

일을 그만둔 후 집에서 지내는 시간이 많아졌다. 그래도 아들이 집에 있을 때는 소설은 쓰지 않았다. 내 머릿속은 아들의 가슴에 진짜로 붉고 아름다운 깃털이 돋아날 수 있도록 하려면 어떻게 해야 하는지 방법을 궁리하는 일로 가득했다. 떨어지고 있는 성적을 올리기 위해 과외선생을 찾아다니기도 했고, 방도 아들의 취향에 맞춰 꾸며주고, 아들이 좋아하는 음식이 있다고 하면 바로바로 만들어 먹였다. 더러는 아들이 좋아하는 가수의 노래도 같이 듣고, 영화도 같이 보면서 나에 대한 불신을 걷어내는 일에 노력했다. 불만으로 인해 방황이 깊어져 성적이 더 떨어지는 건 아닐까, 탈선을 하는 일이 생기지 않을까. 마음을 졸이며 노력했던 일이 아들에게 통했던 것일까. 아들은 내가 언제 그런 글을 썼냐는 듯 흔들림 없이 학교생활을 이어갔다. 그리고 지금은 어지간한 문제는 혼자서도 곧잘 해결하고 사는 성인이 되었다.

　나는 지금도 남편과 무늬만 부부인 채로 한집에서 살고 있다. 현재 남편이 건축한 외관이 멋진 단독주택들은 거의 분양이 되지 않고 있다. 금전적 손실이 적지 않다. 덕분에 생활비는 고스란히 내 몫으로 떠안겨졌다. 그런 와중에도 남편은 제 몸 하나는 끔찍이 챙긴다. 기상 시간은 아침 여섯시를 넘기지 않는다. 미명에도 새들이 우는 소리가 들리면 일어나 집을 나간다. 두 시간 남짓 땀을 뻘뻘 흘리며 산행을 하고 집으로 돌아와 샤워를 한 후 출근을 한다. 주말에는 골프장에서 지내다시피 한다. 내장에 지방이 낄 틈이 없다 보니 복부 비만은커녕 아랫배가 이십대 초반인 아들처럼 홀쭉하다. 이혼을 요구하는 내 말은 귓등으로 흘려버리는 남편이 너무 미운 나머지 차라리 암이라도 걸려버렸으면 좋겠다는 생각을 한 적도 있었다. 그러면 이 지겨운 인연을 보다 깔끔히 정리할 수 있다고 믿고서…… 그런 나의 속마음을 눈치채기라도 한 것처럼 남편은 더 악착같이 몸 관리에 열중했다. 그런 만큼 남편이 암으로 죽을 확률은 낮다. 정작 암에 걸릴 확률이 높은 쪽은 나였다. 아들이 성인이 된 후 다시 소설을 쓰기 시작하면서 특별히 하는 운동도 없이 밤낮이 바뀐 채로 살고 있으니까 말이다. 남편은 지금도 자신만의 생활 스타일을 고집하면서 나의 불만에는 귀를 완강히 막고 산다. 나 또한 나만의 세계에 파묻혀 지내면서 남편을 비난하고 혐오하는 일로 에너지를 허비하고 산다.

나를 속속들이 알고 있는 정란 선배는 그런 나를 안타깝게 여기고 있다. 이런저런 모임에 나를 데리고 다니는 것도 보다 나은 나로 변화할 수 있는 계기를 만들어주려는 의도가 있어 그런 거라는 걸 모르지 않는다. 그래도 이번 모임처럼 노블레스한 부인들과 함께하는 한 끼 식사가 나에게 무슨 도움이 된다고 생각했는지 납득이 되지 않았다. 창밖으로 향하고 있던 시선을 정란 선배 쪽으로 돌리고 앞으로 그 모임에 나를 부르는 일은 없었으면 좋겠다고 말했다. 정란 선배는 여전히 능글능글 웃으며 말했다. 네가 뭐가 부족해서 그래. 너야말로 노블레스한 삶을 살고 있는 사람인데. 정신적 재산도 재산이고, 소설은 아무나 쓸 수 있는 것이 아니잖아. 세계적으로 유명한 작가들치고 현실적 삶이 노블레스한 사람이 몇 명이나 있었느냐고 했다. 그 말은 일리가 없지 않았다. 셰익스피어는 학력이 별로였으며, 도스토옙스키는 알코올중독에 도박중독, 에드거 앨런 포는 모든 불행의 집합체였고, 파울로 코엘료도 문학을 하는 일에 불만을 가진 부모님과의 심한 마찰로 인해 정신병원에 세 번이나 입원한 적이 있다고 하지 않은가. 그렇다고 해서 정란 선배의 말이 위로가 되는 건 아니었다. 누구인가 내게 서윤주 당신이 그런 작가들처럼 인정받을 수 있는 좋은 소설을 한 편이라도 썼느냐고 물으면 할 말이 없기 때문이었다. 소설은 표현하고자 하는 의욕만 있으면 아무나 쓸 수 있다. 다만 좋은 소설을 아무나 쓸 수 없을 뿐이다. 내가 남들이 모두 인정하는 그런 소설을 단 한 편이라도 썼더라면 오늘 처음 만난 사람들에게 그런 무시는 당하지 않았을 것이다. 능력 부족이라는 것 외에 다른 이유는 변명에 불과했다. 슬픔이 몰려왔다. 정란 선배는 시간이 갈수록 우울감에 더 깊이 젖어드는 내가 신경이 쓰이는 것 같았다. 모임에서 만난 사람들 말이야. 솔직히 말만 노블레스이지 자기들이 재벌 사모님들도 아니고, 까고 보면 개뿔이나 더 잘난 것도 없으면서 폼만 잡는 거라고, 그중에는 진짜 속물도 없지 않아. 정란 선배는 그 말을 끝으로 침묵을 하고 운전에만 집중했다. 집 앞에 도착해 나를 내려놓은 정란 선배는 또 만나야 할 사람이 있다면서 이내 떠났다.

집으로 들어온 나는 옷을 벗어 행거에 걸었다. 직접 운전을 한 것도 아니고 값비싼 음식을 잘 얻어먹고 왔을 뿐인데 중노동이라도 하고 온 것처럼 힘이 빠졌다. 피곤에 못 이겨 곧바로 소파에 널브러졌다. 바로 옆에 있는 책장에는 이달에만 열권 가까이 우송된 문학 잡지들, 동료들이 친필 사인을 해서 보내준 신간 소설집, 구입한 후 대충 훑어보고 밀쳐둔 철학

책들이 정리되지 않은 채 쌓여 있다. 평소에는 이 책들을 읽고 음악을 듣는 것만으로 행복해질 수 있었다. 같은 공간인데도 내 삶의 지평을 넓힐 기회가 되어줄지도 모른다고 했던 노블레스한 부인들을 만나고 온 지금은 그런 행복감이 전혀 들지 않았다. 소설가 서윤서? 들어본 적 없는 이름이라는 한마디에 맥이 있는 대로 빠져 허우적거리게 하는 불편한 감정만 가득했다. 혼탁한 기분을 정화시키려면 고도의 수행이 필요하다. 정화의 방편으로 첼로 연주곡 「콜 니드라이」를 틀어놓고 눈을 감았다. 조용하면서 묵직하게 비장한 선율로 흘러나오는 첼로 연주곡이 오염이 심한 나의 머릿속과 불편했던 오늘의 만남을 지우기 시작했다. 그렇게 있기를 한참 만에 나를 회복하고 상상의 나래를 펼칠 수 있었다. 한 여자가 홀로 사막을 걷고 있다. 늘 결핍에 허덕이는 여자를 가엾게 여긴 새 한 마리가 날아와 당신도 이 사막을 벗어날 수 있는 아름다운 날개를 가져보라고 유혹한다. 여자는 사막을 벗어날 수 있는 방법도 모르고, 아름다운 날개를 가질 수 있는 방법도 모른다. 새의 유혹에도 불구하고 여자는 같은 길을 반복하여 걷기만 한다. 심한 갈증을 느낀 여자는 물, 물, 물을 찾다가 마침내 탈진하여 땅바닥에 주저앉고 만다. 더는 참아내기 힘든 고통에 머리를 하늘로 향하고 이젠 제발 구원해달라고 부르짖는다. 그때 가슴이 붉은 깃털로 덮여 있는 새가 나타나 부리로 자신의 깃털을 뽑아 여자에게 꽂아준다.

　첼로의 선율을 따라 상상의 나래를 펼쳐가던 중 나를 현실로 돌아오게 만든 소리가 있었다. 옆에 있는 휴대전화에서 흘러나오는 발신 음향이었다. 휴대전화를 집어 들고 발신자를 확인해보니 정란 선배였다. 헤어진 지 몇 시간이나 되었다고 그새 또 전화질인지 모르겠다고 툴툴대면서 통화버튼을 눌렀다. 정란 선배는 또 느닷없이 유럽 여행을 가자고 했다. 웬 유럽 여행이냐고 물었다. 실은 지금 노블레스한 부인 몇 명과 여행 스케줄을 짜고 있는 중이야. 너도 같이 가면 좋을 것 같아서 전화했는데 무조건 오케이야. 알았지? 정란 선배의 말에 식사 모임에서 나를 지나가는 개처럼 쳐다보던 노블레스한 부인들의 시선이 떠올라 얼굴을 찡그렸다. 다시 맛보고 싶지 않은 그 무시를 유럽까지 가서 또 맛보라니, 이건 무슨 악취미인가. 정란 선배에게 왜 자꾸 나를 그 사람들과 엮지 못해 애쓰느냐고 발끈했다. 정란 선배는 느낌이 오는 사람 하나 딱 붙잡아보라고 내가 말했잖아, 내가 지금 그 사람을 바꾸어줄 테니까 통화해보라고 했다. 잠시 뒤 전화기 속의 목소리가 바뀌었다.

　"작가님, 점심 식사를 같이했던 G물산 대표 부인입니다. 좀 전에 우리 최 편집장이 말한 대로 유럽 여행 스케줄을 짜고 있는 중인데요. 같이 가실 수 있죠? 사실은 제가 소설 쓰는 분들에게 관심이 많아요. 작가님과 정란 씨가 친자매처럼 가깝게 지내고 있다고 해서 권해보는 거예요. 이번 여행을 마치고 나면 제가 개인적으로 부탁할 일이 있기도 하고요. 그러니 이번 여행 꼭 같이 갈 수 있으면 좋겠어요."

그 말을 끝으로 전화기 속의 목소리는 다시 정란 선배로 바뀌었다. 나는 그 여행에 동행할지 말지는 이틀 후에 대답하겠다고 말하고 통화를 마쳤다.

욕실로 들어가 샤워를 마친 후 곧바로 컴퓨터가 놓여 있는 책상 앞에 앉았다. 전원을 넣고 화면이 열리기를 기다렸다. 아래아한글로 들어가 소설 앱을 클릭한 후 쓰고 있던 소설 파일을 열었다. 서로 다른 가치관으로 대립하고 충돌하면서 사는 부부를 등장인물로 한 자전적인 소설인데 여러 차례 다시 쓰기를 반복하고도 작품이 마음에 들지 않았다. 아무래도 주인공을 잘못 설정한 것 같았다. 그래도 탈고는 하고 봐야겠다는 생각으로 원고 쓰기에 매달렸다. 억지로 끌고 갔는데 결말 부분에 이르자 좀처럼 진척이 되지 않았다. 또 실패인가. 피로감이 상승한 나머지 잠시 쉬기로 했다.

소설 쓰기를 중단한 채 이틀을 보냈다. 기력은 어느 정도 회복되었지만 소설 쓰는 일에는 여전히 몰입되지 않았다. 희련이가 생각났다. 전화를 했다. 갑자기 네가 보고 싶어. 생일날 못한 식사도 할 겸 오늘 만나는 건 어떠냐고 물어보았다.

희련이 이미 지나버린 생일은 신경 쓸 필요 없고 네가 원한다면 지금 당장이라도 시간을 낼 수 있다고 했다. 약속 장소를 정하고 바로 집을 나왔다. 희련이 생일은 지나버렸으나 그래도 선물을 해야겠다고 생각했다. 백화점에 도착한 나는 고가는 아니지만 고급스러워 보이는 실크 머플러를 샀다. 이틀 후면 11월이므로 날씨가 본격적으로 쌀쌀해질 것이다. 어떤 게 더 잘 어울릴까. 고심 끝에 고른 머플러를 포장해 들고 곧바로 백화점 칠층에 있는 약속 장소로 올라갔다.

홀 안으로 들어가보니 희련이 먼저 와 있었다. 늘 그랬듯이 오늘도 구석 자리에 앉아 있었다. 남편이 검찰 수사를 받고 돌아온 지 일주일 만에 자살한 일이 뉴스로 보도되면서 나타난 증상 중 하나였다. 희련이와 이런저런 이야기를 나누면서 식사를 마쳤다. 식당을 나와 카페에 갔을 때였다.

"나 보름 후에 아프리카에 가."

희련이 한 말에 나는 내 귀를 의심했다. 희련이는 남편이 자살한 후 병원, 집, 교회가 동선의 전부였다. 다른 곳도 아니고 멀리 아프리카까지 간다니 내가 잘못 들은 것이 아닐까. 나는 진짜냐고 물었다.

"자유 여행은 아니고 교회에서 선교를 목적으로 하는 여행이야."

희련이 얼굴에 웃음을 띠고 말했다.

자유 여행이든 선교 목적의 여행이든 집을 떠나 멀리 해외로 나갈 생각을 했다는 것은 그동안 사회를 향해 굳게 닫아둔 마음을 열기 시작했다는 증거일 것이다. 더불어 그동안 고통스럽게 앓고 있던 희련의 상처가 회복기에 접어들었다는 증거이기도 했다.

"아프리카 여행 좋지."

나는 그렇게 말하고 선물로 사온 머플러를 희련에게 내밀었다. 포장을 풀고 꺼낸 머플러를 목에 두른 희련이 아름다워 보였다.

희련은 열흘 후 아프리카로 떠났다. 하루에 한 번은 SNS로 그곳에서 찍은 사진을 보내주었다. 사진마다 내가 선물한 머플러를 목에 두르고 있었다. 사진 밑에 문자도 보냈다.

'그동안 힘들게 보내야 했던 지난 고통의 시간들이 이 아이들을 만나게 했어. 불행한 환경에서 살면서도 다른 누구를 원망하지 않고 살아가는 아이들을 보니 이젠 나도 힘이 나. 이제는 불의가 불의인 줄도 모르는 그 사람들을 오히려 더 불쌍히 여기고, 증오에 가까웠던 원망이나 미움들은 모두 내려놓을 수 있을 것 같아. 앞으로는 나보다 힘들고 어려운 사람을 벗으로 삼아 도움이 될 수 있는 그런 의미 있는 삶을 살고 싶어. 아직도 살아야 할 날이 많은 나의 내일을 위해서……'

그렇게 적은 문자를 읽고 난 후 퍼뜩 카이로스의 시간이라는 단어가 떠올랐다. 그런 것 같았다. 희련이 남편의 충격적인 자살 사건 이후 억울함에 증오만 키우고 지냈던 것은 아닌 것 같았다. 자신의 삶을 훼손한 사람들을 오히려 더 불쌍히 여기고 시련에도 의미가 있는 삶—카이로스의 시간 속으로 들어간 것 같았다. 고통을 통과해 영원에 이르는 시간 속으로 들어가는 체험을 하고 있는 희련이야말로 진정으로 삶의 지평을 넓힌 것이 아닐까. 그 생각이 한참 동안 나를 붙잡고 놓아주지 않았다. 내가 찾던 주인공이 바로 희련이었다는 것이 비로소 깨달아졌다.

정란 선배에게 여행에 동행하겠다는 의사를 표한 며칠 후였다. 여행이 취소될 수밖에 없는 사건이 발생하고 말았다. 한 정치인의 비리 문제로 시끄럽던 중이었다. 텔레비전의 뉴스에서 앵커가 G물산 대표가 그 정치인과 관련되어 있어서 검찰 조사를 받게 되었다는 보도를 하고 있었다. G물산 대표? 저 G물산 대표가 그 G물산 대표인가? 혼란에 빠져 있을 때 정란 선배가 보낸 문자를 받았다.

'윤서야, 뉴스 봤지? 나도 아직은 자세한 내막은 몰라. G물산 대표가 검찰에서 조사를 받게 된 일로 인해 이번 여행은 취소야.'

문자를 읽은 나는 이건 뭐지? 느닷없이 여행을 가자고 하더니 느닷없이 취소라니 머릿속이 어지러웠다. 그런 한편으로는 여행의 부담에서 벗어났다는 생각에 마음이 홀가분했다.

그 일이 있고 난 후에도 정란 선배와는 여러 번 문자를 주고받았다. 노블레스한 부인들과 계획했던 여행에 관한 언급은 일절 없었다. 대신 정란 선배가 줄곧 노블레스한 부인들의 모임에 참석하는 일이 내 삶에 지평을 넓힐 수 있는 기회가될 것이라고 했던 이유를 말해주었다. 여행을 함께하기로 한 G물산 대표 부인이 시시때때로 남편의 자서전을 내고 싶어 하는 의중을 비쳤다고 했다. 최근 그 자서전을 대필해줄 작가를 알아봐달라고 부탁했는데 그 일을 내게 맡기고 싶었다고 했다. 그러려면 친분을 쌓을 필요가 있어서 유럽 여행을 계획했던 것이라고 했다.

의도는 좋았지만 그건 정란 선배가 나를 잘못 알고 한 일이었다. 실제로 대필을 의뢰받고 진행이 되었다면 고료야 좀 챙길 수 있어 경제적으로는 도움이 되겠지만 내가 진정으로 원한 건 그런 것이 아니었다. 단 한 편이라도 좋으니 '서윤서? 처음 듣는 이름인데……' 그런 무시에서 벗어날 수 있는 소설을 쓰는 것이었다. 나는 정란 선배에게 문학상 공모에 응모할 글을 써야 해서 당분간은 만나기가 힘들다는 문자를 보냈다.

은둔의 나날이 길어지고 있다. 잠을 자는 시간 외에는 작품 쓰기에 몰두하고 있지만 뜻대로 진척이 되지 않았다. 거기에는 한동안 소설도 쓰지 않고 남편을 비난하고 혐오하는 일에 허비해버린 내 중년의 황폐한 시간도 한몫했다. 현실의 내가 사막 한가운데 있듯이 작품 속의 여자도 그랬으니까. 어떡하든지 주인공을 사막에서 탈출시키고 싶은 갈망에 사로잡혀 자판기를 열심히 두드리고 있지만 독자들이 납득할 만한 인과성이 부족했다. 문득 이 작품의 주인공을 희련이로 바꾸면 내가 원하는 결말을 그리 어렵지 않게 도출해낼 수 있을 것 같았다. 지금까지 썼던 작품 파일을 과감히 삭제했다. 주인공을 희련이로 바꾸고 다시 작업을 시작했다. 하루, 이틀…… 일주일…… 한 달…… 눈이 아프고 등이 뻐근해지도록 쉬지 않고 작품을 쓰는 일에 몰두했다. 마침내 마지막 결말 장면을 쓰게 되었다. 고통의 나날에도 선함을 잃지 않으려 애쓰며 시련을 극복한 희련이 온몸이 아름다운 붉은 깃털로 덮인 새가 되어 영원의 시간 속을 날 수 있었다. 그 문장을 마지막으로 마침표를 찍었다. 탈고했던 작품마다 마지막 마침표를 찍는 순간 완성이 아닌 미완성—성공 아닌 실패라는 느낌이 강했었다. 이번만은 달랐다. 마지막 마침표를 찍고 컴퓨터 전원을 껐을 때 지금까지의 내가 아닌 꿈꾸는 나로 거듭난 기분이었다. 정란 선배가 입버릇처럼 말하던 내 삶의 지평을 보다 넓히는 일도 비로소 실현된 것만 같아서 모처럼 마음이 흐뭇했다.

새들의 비상 도로는 서로 다르다

어둠이 농묵처럼 짙은 야심한 밤이다. 아아악. 괴성처럼 질러대는 소리에 잠이 깼다. 뭔가 때려 부수는 소리, 의자가 나동그라지는 것 같은 소리도 연이어 들렸다. 이번에도 소음의 진원지는 위층 201호였다. 날이면 날마다 들려오는 소음에 참을성이 한계에 이른 나는 또 시작하는 거냐고 냅다 소리를 지르고 일어나 앉았다. 지끈지끈 몰려오는 두통에 관자놀이를 손가락으로 꾹꾹 눌렀다.

위층 201호에는 조현병을 앓고 있는 아가씨가 살고 있다. 상습적으로 소음을 유발하는 장본인이다. 평소 집 안을 돌아다니며 쿵쿵 발소리를 내는 것은 기본이고 사나흘을 주기로 악악 하는 괴성을 질러대곤 했다. 어제, 그제는 간헐적으로 물건을 떨어트리는 소리, 발소리, 다투는 소리만 들리다가 차츰 조용해졌다. 소음이 들릴 때마다 신경이 곤두서긴 해도 그 정도는 참고 견딜 만했다. 야심한 밤에 또 들어주기 힘든 괴성을 질러대는 걸로 보아 발작 주기가 돌아온 것으로 짐작되었다.

위층의 소음은 빌라에 거주하기 시작한 첫날부터 심했다. 이곳은 나의 임시 거처이다. 본집은 지하철로 여섯 정거장 거리를 두고 있는 서울에 있다. 인접 거리에 있는 본집을 두고 이 빌라에 거주하게 된 것은 아들 부부 때문이었다.

아들 부부가 결혼한 후 분양받은 아파트가 있었다. 입주 6개월을 앞두고 전세로 살고 있던 살림집의 임대 기간이 만료되었다. 아들이 집주인에게 6개월만 연장해줄 수 없느냐고 물어보았다고 했다. 집주인은 그건 안 된다고 정식으로 재계약할 것을 요구했다고 했다. 6개월 후 이사를 가려면 아들이 직접 다음 세입자를 구해야 보증금을 돌려줄 수 있고 중개수수료도 지불해야 한다는 말을 하더라고 했다. 나를 찾아온 아들은 이럴 때는 어떻게 하면 좋으냐고 물었다. 계약 후 법적 기한 내에 이사 갈 경우 다음 세입자를 현 세입자가 구해야 하고, 중개수수료도 지불해야 하는 것은 법적으로는 문제가 없는 요구였다. 집주인의 재계약 요구에 응할 수 없었던 것은 다른 사정이 있었다. 6개월 후 바로 세입자를 구하지 못하면 보증금을 돌려받지 못해 아파트 잔금을 치를 수가 없었다. 입주에 차질이 생기면 연쇄적으로 다른 문제가 생길 수 있었다. 리스크 없이 아파트 잔금을 확보할 수 있는 방법이 없을까. 궁리에 골몰하는 아들을 보고 내가 제안한 것이 있었다. 아들 부부가 본집으로 들어와 지내는 것이었다. 남편은 시골에 마련해둔 땅에 일 년 전 집을 짓고 지금은 그곳에서 살다시피 했다. 텃밭을 일구는 재미에 빠져 본집에는 한 달에 서너 번만 올라오고, 작은아들도 회사 근처 오피스텔에서 지내고 있었다. 본집에는 나 혼자 있는 날이 많았다. 나의 제안에 아들은 그 방법도 괜찮을 것 같다고 했다. 반면에 며느리는 대답을 꺼리며 그럼 짐은 어디다 두느냐고 물었다. 컨테이너에 보관하는 방법도 있지만 이삿짐의 절반은 세 살짜리 손녀의 장난감을 비롯해 당장 사용해야 하는 필수품들이라고 했다. 그것까지 미처 생각하지 못하고 있던 나는 잠시 고민을 하다가 원룸을 구해 혼자 지내겠다고 했다. 며느리는 그러면 어머니가 많이 불편하실 텐데요, 하고 미안함을 표하면서도 아주 거절은 하지 않았다. 아들 부부가 트럭에 짐을 싣고 본집으로 들어온 것은 그로부터 20일 후였다. 안방은 아파트에 입주하고 풀어야 하는 이삿짐 박스로 채워졌다. 그사이 나도 동네 중개사 사무실마다 들러 원룸을 찾아다녔다. 나와 있는 매물이 별로 없었다. 어쩌다가 소개받은 원룸도 임대료가 생각한 것보다 많이 비쌌다. 동네에서 방을 구하지 못한 나는 서울과 인접해 있는 S시까지 가게 되었다. 동네 초입 평지에 있는 중개사 사무실 여러 곳을 들락날락하던 중이었다. 한 중개사 사무실에 들어가 중개사에게 원룸 소개를 부탁하고 방을 구하러 온 사정을 말했다. 중개사가 그런 목적으로 구하는 방이라면 주변 시세보다 월등히 싼 소형 빌라가 하나 있다고 했다. 내가 대출이 많거나 경매로 나온 집이 아니냐고 물으니 중개사는 법적으로는 어떤 하자도 없는 안전한 집이라고 했다. 그렇다면 일단 보고 나서 결정을 하겠다고 했다.

중개사가 나를 차에 태우고 간 곳은 동네 끝 언덕배기였다. 겨울에 눈이라도 내리면 눈썰매장으로 사용해도 좋을 듯한 곳에 붉은 벽돌로 지은 낡은 빌라들이 밀집되어 있었다. 주변에 편의 시설이 있는지 그런 것부터 살펴봐야 하는데 옹기종기 붙어 있는 빌라들을 보고 삼십여 년 전에 살았던 동네를 떠올렸다.

아이들이 어릴 때였다. 남편이 느닷없이 다니던 직장을 사퇴하고 사업을 시작했다. 집은 서울 서쪽 끝, 사업장은 서울 동쪽 끝을 지나 인접한 경기도에 있었다. 어쩔 수 없이 남편의 사업장 근처로 이사를 갔다. 그리 넓지 않은 평수에 붉은 벽돌로 지은 단독주택들이 다닥다닥 붙어 있는 동네였다. 주택 한 채에 셋 혹은 네 가구가 사는 집들이 많았다. 내가 살았던 집은 앞뒷집의 경계가 2미터 남짓 되었다. 여름에 계단을 오르내릴 때 창문이 열려 있는 집은 내부가 보였다. 크게 하는 말들은 열린 창문을 통해 고스란히 들렸다. 애써 알려고 하지 않아도 앞뒷집에 무슨 일이 있는지 대충은 알 수 있었다. 내가 살았던 집 근처에는 두서너 살 된 아기를 둔 또래의 젊은 엄마들이 많았다. 집 안 정리를 마친 오전 열한시경이면 육아에 묶여 외출이 자유롭지 못한 젊은 엄마들은 대문 앞 골목으로 모여들었다. 누가 돗자리라도 깔아놓으면 그곳이 카페가 되고, 식당이 되기도 했다. 모여 앉아 수다를 떨다 보면 한나절이 금방 가버렸다. 그렇게 지내기를 삼 년 만에 아파트를 분양받아 그 동네를 떠났다. 그때 그 골목에서 보낸 기억이 그리 나쁘지 않아 비슷한 동네 풍경에 향수마저 느끼게 되었다. 서울은 아니지만 아주 멀리 있는 것도 아니고, 공동 현관문만 열고 나오면 빌라 앞마당이 사랑방이 될 수 있는 이런 동네가 아직 있다는 것이 신기하기만 했다. 이런 곳에서 잠시 지내보는 것도 나쁘지 않을 것 같았다.

중개사의 안내를 받아 들어간 빌라는 일층, 101호였다. 15평으로 협소했지만 안에는 방 하나에 욕실, 주방을 겸한 거실에 베란다까지 있었다. 시설들을 점검해보았다. 수도, 보일러, 욕실의 세면기, 변기들은 연식이 있어 보여도 사용에는 문제가 없었다. 벽지와 바닥재는 새것처럼 깔끔했다. 내부적으로는 지내기에 아무 문제가 없어 보였다. 그런데도 임대료를 시세의 절반만 받는다고 하니 나쁘지 않다는 판단에 계약을 하겠다고 했다. 중개사의 차를 타고 중개사 사무실에 도착하자마자 계약서를 썼다. 폰뱅킹으로 보증금을 입금하자 중개사도 보관하고 있던 빌라 열쇠를 주었다. 계약을 마치고 중개사 사무실을 나왔을 때는 나만의 은밀한 아지트가 생긴 일에 그저 기분이 좋았다.

그 기분은 거주 첫날에 깨지고 말았다. 낮에는 숨어 있다가 어두워지면 나타나는 바퀴벌레처럼 밤이 되면 소음을 유발하는 201호를 비롯해 더러 마주치는 거주민들에게는 뭔지 모를 불길한 기운이 느껴졌다. 빌라에서 내가 말을 트고 지내는 사람은 바로 옆 호에 사는 102호 할머니뿐이었다. 캐리어를 끌고 갔던 첫날도 102호 할머니는 현관문 앞에 앉아 있었다.

"101호로 이사 들어오는 아줌씨인가 비네요. 근디 이삿짐이 달랑 그것뿐이시유?" 충청도 사투리가 심한 말투로 스스럼없이 말을 건넸다. 거주 첫날부터 계속되는 소음을 억지로 참고 지내다가 어느 하루 현관문 앞에 앉아 부추를 손질하고 있는 할머니에게 물었다.

"201호는 하루도 빠지지 않고 밤만 되면 왜 그래요?"

"긍께 아줌씨 사는 집 월세가 괜히 싼 거 아니유. 아줌씨 들어오기 전에는 신혼부부가 살았시유. 소음 때문에 날마다 싸웠는디도 들어먹지를 안응께 어쩌겠시유. 계약 기간이 많이 남았는데 비워놓고 이사를 간 거유."

102호 할머니의 말을 듣고서야 법적으로 아무 문제가 없는 집을 주변 시세에 반값만 받고 임대를 놓은 이유를 알게 되었다.

그날 이후에도 빌라 거주민들에 대한 정보는 모두 102호 할머니를 통해 알았다. 201호에는 24시간 영업하는 분식집에서 야간에 주방 일을 하는 60대 아주머니와 소음의 장본인으로 정신병을 앓고 있는 30대 중반의 아가씨가 살고 있다고 했다. 아가씨는 정신병을 앓기 전까지는 인터넷 의류 쇼핑몰을 상대로 모델 일을 했었다고 한다. 의류 쇼핑몰에 올라 있는 아가씨 사진을 누가 보고 배우를 시켜준다고 꼬드겨 데려가서 성폭행을 했다고 한다. 그날 이후 모델 일도 접고 집 안에 틀어박혀 지내던 아가씨가 밤만 되면 옥상에 올라가 악악괴성을 질러대기 시작했다. 해가 부쩍 짧아지는 늦가을이 되면 증상이 더 심해져 치료를 받으러 정신병원에 들어갔다가 봄이 되면 나온다고 했다. 올해는 가을이 오기도 전에 발작이 잦은 것으로 보아 바로 병원에 들어갈 것 같아 보이니 조금만 참아보라는 말도 할머니는 했다.

빌라에서 날이면 날마다 문제를 일으키는 사람은 또 있었다. 301호에 사는 남자였다. 술에 취해 골목을 왔다 갔다 하면서 큰 소리로 욕설을 해대는 일이 잦았다. 그때 지나가는 사람이 한마디 하면 바로 달려들어 폭행을 했다. 동네가 시끄러울 만큼 싸움이 커지면 경찰차가 출동하기도 했다.

"301호 남자는 왜 매일 술에 취해 저러고 살아요?"

그때도 102호 할머니를 잡고 물어보았다.

"저 인간은 말여유. 하는 일도 노가다지만 인간 자체가 노가다인 씨쌍놈이라 그래유."

잦은 술주정에 301호 남자에 대한 불만을 참기 힘들었는지 화부터 내고 말했다.

301호 남자는 예전부터 술에 취해 사는 주정뱅이로 마누라와 살 때는 주먹질까지 심했다고 한다. 부인이 하나뿐인 어린 아들을 두고 야반도주를 한 후로는 같이 살아줄 여자도 없는지 혼자 지내고 있다고 한다. 자기 잘못을 남 탓으로 돌리고 허구한 날 술에 취해 폭행이나 일삼는 망나니 밑에서 자란 아들이 똑바를 수 있겠느냐는 말도 했다. 다니던 학교를 그만두고 돈을 벌겠다고 돌아다니더니 범죄에 가담해 지금 교도소에 들어가 있다고 했다. 그런 아들에게도 301호 남자는 재수가 없어 걸린 거라고 하고, 지 팔자가 그러면 할 수 없지 않느냐고 할 뿐 반성이나 걱정 같은 건 아예 없는 몹쓸 인간이라고 혀를 쯧쯧 찼다.

사람의 한평생 중 절반은 어둠과의 동행이라고 하지만 이곳의 어둠은 짙어도 너무 짙었다. 하루도 견디기가 힘들었다. 가난을 핑계 삼아, 무지를 무기 삼아 생각, 행동, 생활 방식 등등 모든 것들이 타락을 넘어 악함 그 자체였다. 이렇게 캄 캄절벽인 인생들과 이웃해 살게 될 줄은 상상조차 해본 적 없었다. 이제는 어떡하든지 하루빨리 이 빌라에서 벗어나고 싶기만 했다. 본집을 다녀올 때마다 중개사 사무실에 들어가 세입자를 구해달라고 재촉했다.

301호 남자는 며칠 전에도 사고를 쳤다. 102호 할머니는 평소처럼 현관문 앞 낡은 의자에 앉아 고구마순 껍질을 벗기고 있었다. 딱히 할 일이 없던 나는 앞에 쪼그리고 앉아 301호 남자에 대해 이것저것 묻고 있었다.

"아니, 뭐 저런 새끼가 있어!"

한 여자가 씩씩대며 계단을 내려왔다.

"아줌씨, 뭔 일인디 그래유?"

고구마순을 까고 있던 102호 할머니가 손을 탁탁 떨면서 여자에게 물었다.

"저기 301호에 가스 검침을 하러 갔는데요. 술 냄새를 잔뜩 풍기고 있는 주인 남자가 아줌마 엉덩이가 예뻐 보이는데 나랑 연애 한번 안 할라우 그러잖아요. 아, 진짜 재수 없어."

"손으로 궁뎅이를 직접 만지기까지 했유?"

"그건 아닌데요. 그래도 이거 성희롱으로 신고하면 처벌 가능한 거죠?"

"내가 경찰은 아니니께 처벌까지는 모르겠는디유 그 인간 술 처묵고 그딴 헛짓거리하다가 경찰서 댕겨온 적이 한두 번이 아닌 인간인 게 알아서 혀유."

"재수가 없으라니까 정말!"

분에 못 이겨 펄쩍펄쩍 뛰던 여자가 당장 경찰서로 뛰어갈 줄 알았다. 경찰이 오지 않은 걸로 보아 신고를 하지 않은 것 같았다.

이 빌라에 거주하는 문제 인간은 상습 소음 유발자인 201호 아가씨와 저질스런 짓을 아무렇지 않게 저지르고도 부끄러워할 줄 모르는 301호 남자에 그치지 않았다. 다단계로 전 재산을 날리고 이혼당한 후 보험설계사를 하고 있다는 202호 여자는 틈만 나면 보험을 들어달라고 들러붙었다. 영업용 택시 기사라는 302호 남자는 거주민들에게 직접 피해를 주는 행동은 하지 않았지만 정체가 수상했다.

302호 남자는 이태 전에 택시를 탔다가 이상한 일을 겪게 만든 그 택시 기사와 동일인일지도 모른다는 의심을 하고 있는 중이다. 그날은 친한 교인 몇 명과 교회 근처 음식점에서 점심 식사 약속이 잡혀 있었다. 시간이 촉박해 택시를 탔다. 목적지를 묻는 택시 기사에게 다니고 있는 교회 이름을 말했다. 택시 기사가 자신도 한때 교회를 다닌 적이 있다고 했다.

나는 그러시냐고 웃으며 대답했다. 하나님을 믿는 사람은 착하게 살아야 한다는 생각으로 승객이 두고 내린 현금 백만 원도 주인을 찾아 돌려주었고, 두고 내린 핸드폰도 주인이 연락해 올 때까지 기다렸다가 반드시 돌려주었다고 했다. 그런 말을 하는 도중 뒷좌석에 앉아 있는 나를 힐끔거렸다. 전면 거울을 통해 보이는 택시 기사의 눈빛은 보통 사람들에 비해 무척 차가워 보였다. 남자치고는 얼굴도 많이 희었다. 이질감이 강한 운전기사의 모습에 무서움을 느끼고 잔뜩 긴장하고 말았다. 겁에 질린 나는 표정을 감추기 위해 시선을 창밖으로 돌리고 택시 기사가 하는 말에 반응을 보이지 않았다. 나의 외면에도 택시 기사는 묻지도 않는 이야기를 이어갔다. 그런데요, 제가 꼭 한 번은 나쁜 짓을 하기로 했어요. 그건 내가 칠십이 되기 전에 반드시 마누라를 죽이는 일입니다. 내 손으로 못 죽이면 살인 청부를 해서라도 죽이고 말 겁니다. 그 말을 마치자마자 고개를 뒤로 홱 돌리고 나를 빤히 쳐다보았다. 아찔했다. 그 상황에서 내가 뭐라고 한마디 했다가 택시 기사의 기분을 건드리게 되면 흉기를 들어 내 머리통을 내려칠 것 같았다. 공포가 극에 달한 나머지 다리가 덜덜 떨렸다. 진땀을 흘리고 앉아 있었다. 그때 구세주처럼 내가 다니는 교회의 셔틀버스가 지나갔다. 택시 기사에게 교회 셔틀버스인데 저걸 타고 가겠으니 내려달라고 했다. 미터기 요금이 6,800원

찍혀 있었다. 만 원짜리 지폐를 택시 기사에 주었다. 돈을 받은 택시 기사는 거스름돈은 줄 생각은 않고 가만히 앉아 있기만 했다. 그런 태도에 또 한 번 놀란 나는 잔돈은 주지 않아도 된다고 하고 택시에서 후다닥 내려버렸다. 걸음아 나 살려라 뛰다가 다른 택시를 잡아타고 약속 장소로 간 적이 있었다.

시골집에서 지내고 있던 남편이 본집으로 올라온 날 택시 기사에 대해 이야기했었다. 남편은 마누라에게 맺힌 게 많나 보지. 보나 마나 약물 중독자일 거라고 했다. 그때까지도 심장을 벌벌 떨며 말하는 나와 달리 남편은 무덤덤했다. 세상에는 그보다 더 악한 범죄들이 득실대고 있는데 이 나이가 되도록 그 정도의 일로 겁을 잔뜩 먹고 벌벌 떠느냐고 나를 어린아이 보듯 했다. 그래놓고 마음이 안 놓이는지 앞으로 택시를 탈 때는 영업용 택시보다 신분이 확실한 개인택시를 타는 것이 좋겠다는 말을 했다. 누아르 영화의 한 장면 같았던 그 일을 겪은 후로는 택시를 탄 기억이 없다.

택시 기사라는 302호 남자를 내가 처음 본 것은 빌라에서 거주한 지 꽤 되었을 때였다. 마트에 다녀왔을 때였다. 처음보는 남자가 현관 출입문 안쪽 벽면에 설치되어 있는 우편함 302호 앞에서 우편물을 챙기고 있었다. 언뜻 보아도 피부색이 여자들보다 하얗게 보이는 것이 어디선가 본 것 같은 기시감이 들었다. 그 얼굴이 일전 누아르 영화의 등장인물 같았던 택시 기사와 중첩되었다. 그때도 302호 남자가 어떤 사람인지 알아보려고 102호 할머니를 잡고 물어봤다.

"할머니, 302호 사는 남자는 어떤 사람이에요?"

할머니는 고개를 갸웃거리고는 영업용 택시 기사인데 남자가 자기를 노출시키는 일이 별로 없어서 아는 게 없다고 했다. 202호 보험설계사 여자와 어울려 쑥덕거리는 말을 들은 적이 있는데 둘이 짜고 보험사기를 치는 것 같은 의심은 든다고 했다.

"부인은 없어요?"

"혼자 살고 있는데 찾아오는 여자가 없는 걸 보면 아예 결혼을 안 혔거나 했어도 이혼했거나 죽었을 수도 있겠쥬."

102호 할머니를 통해 302호 남자에 들은 건 그것이 전부였다. 짐작대로 302호 남자가 누아르 영화의 등장인물 같았던 택시 기사와 동일인이라면…… 심장이 마구 뛰었다.

빌라 거주민들은 하나같이 어려움 속에서 힘들게 살아가고 있다. 더 많은 이해와 배려가 필요한 사람들이다. 하지만 그런 처지를 이해하고 배려하기에는 악취가 너무 강했다. 내가 어쩌다 이런 똥밭에 빠지고 말았나. 벗어나고 싶은 마음만 간절했다. 이 빌라를 소개해주었던 중개사를 찾아가 문제가 있는 집인 걸 감추고 소개했다고 따졌었다. 지금은 제발 하루라도 빨리 나 다음으로 들어올 세입자를 구해달라고 애걸하고 있는 중이다.

괴성에 잠이 깬 나는 본집에서 나온 일을 후회하고 또 후회하면서 자리에서 일어났다. 좀처럼 가라앉지 않는 짜증을 달래려고 방을 나왔다. 좁은 베란다로 나가 문을 열었다. 숨통을 막아대던 무더위가 한풀 꺾이고 솔바람이 솔솔 불어왔다. 좁은 골목길에는 오렌지색 빛을 분사하고 있는 가로등이 드문드문 서 있었다. 그 불빛만으로는 사물의 윤곽을 식별하기 어려웠다. 짙은 어둠에 잠겨 있는 골목 어디에선가 야옹야옹 울어대는 고양이 소리가 들렸다. 고개를 자라목처럼 빼고 골목을 살펴보았다. 눈에 보이는 것이라고는 이곳 빌라 거주민들의 삶만큼이나 짙은 어둠뿐이었다. 어둠에 잠식되어 있는 골목을 멍하니 바라보고 있던 중 내일 손녀를 봐주기로 한 일이 생각났다. 소음도 멈췄고 괴성도 더는 들리지 않아 방으로 들어갔다. 자리에 누웠으나 잠은 좀처럼 오지 않았다. 한참을 뒤척이다가 겨우 잠이 들었다.

다음 날 눈을 떴을 때 시간은 늦은 오전이었다. 아들과 약속한 시간이 얼마 남지 않아 마음이 급했다. 서둘러 준비를 마치고 현관문을 열었다. 밖으로 나가보니 지난밤 소음으로 나를 힘들게 했던 201호 아가씨가 공동 현관문 앞 계단에 쪼그리고 앉아 있었다.

"아줌마."

201호 아가씨가 나를 불렀다.

"왜?"

아가씨에게 눈을 흘기며 대답했다.

"내가 학교 다닐 때 『갈매기의 꿈』이라는 소설책을 읽은 적 있었거든. 그 책에서는 높이 나는 갈매기가 더 멀리 본다고 했잖아. 근데 그거 맞는 말 아니다. 새들이 날아다니는 비상 (飛翔) 도로는 서로 다르거든. 참새나 까치가 날아다니는 길 하고 매나 독수리가 날아다니는 길이 서로 다르거든. 아줌마 는 그거 몰랐지? 나도 몰랐어."

"그래서 어쩌라고?"

"아줌마도 갈매기 조나단처럼 멋모르고 높은 곳까지 날아 오르면 독수리 같은 맹금류에게 잡아먹히고 만다. 나도 그랬 거든. 어떤 남자가 배우 만들어준다고 데려가서 매일 성폭행 만 했거든. 내가 더 높이 날고 싶어 하지 않았으면 그 남자에 게 잡아먹히는 일은 없었을 거잖아."

"소설이라도 쓰고 있냐. 뭔 헛소리야."

201호 아가씨에게 붙잡혀 그런 말을 하고 있을 때 102호 할머니가 문을 열고 얼굴을 내밀었다.

"아가씨, 이젠 그 말 그만혀. 뭔 좋은 일이라고 사람만 보 면 붙잡고 한 말 또 하고 그러는 겨. 그 말 들은 사람들은 아 가씨만 더 무시헌게 그만하고 어여 집으로 들어가."

102호 할머니의 말에 201호 아가씨가 싱글싱글 웃었다.

"나 이제 이 집에서 안 살아. 사회복지사 집에서 살 거야. 사회복지사가 나랑 잠도 같이 자고 내 수급비도 다 가져가니까. 당연히 그래야 하는 거잖아."

앞뒤 맥락을 모르는 나는 201호 아가씨가 정신병을 앓고 있다더니 제정신이 아닌 게 맞나 보다 생각했다. 나는 201호 아가씨를 외면하고 빌라 담장 밖으로 나갔다. 201호 아가씨가 나를 따라왔다. 밝은 햇볕 아래에서 처음으로 자세히 본 그녀의 얼굴은 약에 취해 풀려 있는 목소리만큼 눈빛도 많이 풀려 있었다. 그래도 이목구비의 윤곽으로만 볼 때 헛소리나 하면서 무시만 당하고 살기에는 아깝다는 생각이 들 만큼 예뻤다. 골목길을 한참 내려갈 때까지도 그녀는 내 뒤를 졸졸 따라왔다. 나는 걸음을 멈추고 오늘 밤에도 또 시끄럽게 굴면 경찰에 신고하겠다고 엄포를 놓았다. 한밤중에 옥상에 올라가 악을 쓰는 일로 이웃 빌라 주민들에게 신고를 당한 적이 있었다. 지구대에 불려갔던 일이 생각나는지 그녀가 몸을 움찔했다. 그러고는 곧바로 몸을 돌려 빌라가 있는 쪽으로 뛰어갔다.

아들 내외는 내가 집에 도착하자마자 손녀를 부탁하고 급히 집을 나갔다. 늦은 아침 식사를 하려고 주방으로 들어갔다. 냉장고에서 반찬을 꺼내 식탁에 올려놓고는 밥 한 공기를 비웠다. 커피도 한 잔 만들어 거실 소파에 앉아 홀짝거렸다.

"아아앙, 엄마, 엄마."

방에서 자고 있던 손녀가 깨서 우는 소리가 들렸다. 커피가 반쯤 남아 있는 잔을 탁자에 내려놓고 후다닥 방으로 들어갔다. 나를 본 손녀가 활짝 웃으며 두 팔을 내게로 뻗었다. 그 손녀를 덥석 안고 거실로 나왔다. 영유아기에 미디어에 노출되는 건 좋지 않다는 걸 알고 있지만 달리 놀아줄 방법을 찾지 못한 나는 텔레비전을 켰다. 리모컨 버튼으로 손녀에게 보여줄 만한 채널을 찾던 중 '아기 상어가 뚜루루 뚜루루', 노래가 나오는 화면이 잡혔다. 손녀는 노래를 듣자마자 어깨를 들썩거리며 춤을 추었다. 손녀의 재롱을 넋 놓고 바라보고 있던 중이었다. 이렇게 맑은 손녀도 성인이 되면 필연적으로 마주치게 될 악들이 있을 텐데, 그로 인한 고난도 생길 수도 있을 텐데, 더 높은 곳으로 날고 싶어 하다가 맹금류를 만나기도 할 텐데…… 닥치지도 않은 일에 미리 가슴이 아려왔다.

102호 아가씨에 대해 더 자세한 이야기를 들은 건 본집에 갔다가 돌아온 그날 저녁이었다.

"아침에는 바빠서 미처 못 물어봤는데 아가씨가 사회복지사랑 같이 살 거라고 한 말은 뭐예요?"

본집에서 가져온 귤 몇 개를 102호 할머니의 손에 쥐여주고 물었다.

201호 아줌마는 아가씨의 수급비를 가로채고 있는 사회복지사를 사위처럼 대접하고 있다고 했다. 부인이 있는데도 아가씨와 성관계를 하고 장애인 수급비를 받아 챙기고 있었다. 201호 아주머니는 그런 사회복지사에게 고마워하고 있었고. 그것도 부족해서 사회복지사는 201호 아줌마에게 수시로 보약을 요구하고 목돈을 요구할 때도 있다고 했다. 201호 아주머니는 그것까지도 들어준다고 했다. 불륜이든 뭐든 골치 아픈 정신병자 딸을 떠넘길 수 있는 사람이 있으면 엎드려 절이라도 하고 싶을 만큼 감사한 일로 여기고 있다고 했다.

장애인 수급비를 갈취하는 것도 모자라 동화 「빨간 모자」에 나오는 늑대처럼 떡 하나 주면 안 잡아먹지 하는 격으로 목돈을 요구한다는 사회복지사는 말할 것도 없고, 자신이 책임져야 할 딸을 떠넘길 속셈으로 불륜 관계를 적극적으로 부추기고 있는 201호 아주머니도 이해 불가한 악인으로 여겨졌다.

이 빌라 거주민들의 사정을 대충이라도 파악하게 된 후로는 악에 대해 자주 생각하게 되었다. 그래서 악과 관련한 책을 읽은 적도 있었다. 한나 아렌트라는 여성 철학자의 저서 『예루살렘의 아이히만』이라는 책이었다. 그 철학자의 주장에 의하면 살인이란 악행을 저지른 악인도 악마의 유전자를 타고나는 것이 아니라 보통의 이웃들과 다름없는 평범한 인물이라는 것이다. 결코 특별하지 않은 평범했던 사람에게 악행이 가능했던 것은 그런 일이 잘못이란 깨달음이 없는 판단 불능 때문이라고 했다. 아이히만은 제 직무에 충실한 나머지 자신의 행위가 낳을 결과에 대해 올바른 판단을 할 수 없었던 일로 악인의 반열에 오르고 말았던 것이라고 지적했다. 이곳 빌라 거주자들을 한나 아렌트가 말한 악인들과 동일선상에 놓고 보는 것이 가능한지 몰라도 판단 불능이라는 공통점이 있었다. 사람마다 처지와 환경이 다르므로 타인의 삶에 대해 어느 누구도 함부로 무시할 수 있는 권한은 없다. 그런데 너는 얼마나 깨끗하다고 빌라 거주민들을 악인 취급이냐. 교만하다고 비웃는다면 할 말이 없다. 그래도 내게 악인이란 어떤 사람이냐고 누가 물으면 망설임 없이 이 빌라의 거주자들이라고 말하고 싶다. 죄에 대한 인식이 전혀 없어 잘못을 반복하며 살고 있는 전형적 인물들이니까. 또 누가 나에게 그럼 너는 어떤 인간이냐고 묻는다면 이렇게 말하고 싶다. 나 역시도 죄에서 아주 자유로울 수 없는 사람이지만 최소한의 선함을 추구하면서, 선한 사람들과 어울려, 선이란 향기가 나는 삶을 살아갈 수 있기를 원하는 사람이라고…… 그런 만큼 하루라도 빨리 보증금을 반환받고 악의 동굴 같은 이 빌라를 떠나고 싶었다.

나의 하루 일과 중에는 부동산 사무실을 찾아가 어서 빨리 세입자를 구해달라고 재촉하는 일도 포함되어 있다. 하지만 여러 달이 지난 지금까지 빌라를 보러 온 사람은 단 한 명도 없었다. 그사이 아들은 새 아파트에 입주했다. 본집이 빈 후로는 빌라에서 지낼 필요가 없어 비워두는 날이 더 많아졌다. 그래도 임대료는 매월 꼬박꼬박 지불해야 하고, 수도세와 전기세도 납부해야 한다. 임대료는 중개사의 계좌로 이체했는데 지로로 은행에 직접 가서 납부하는 공과금은 지로 용지를 챙기려고 한 달에 한 번은 빌라를 찾아야 했다.

한 달 만에 찾은 빌라에서는 또 무슨 일이 있었던 것 같다. 201호 현관문 앞에 출입 금지 글씨가 프린트된 노란 띠가 둘러쳐져 있었다. 대형 사고가 난 것이 분명했다. 쌀쌀해진 날씨 탓에 늘 출입문 앞에 앉아 있던 102호 할머니도 집 안에 들어앉아 있는 것 같았다. 102호의 벨을 눌렀다. 할머니가 문을 열고 내다봤다.

"오랜만에 왔네유. 드루와유."

"날씨가 추워 집 안에만 계시나 봐요?"

"날씨도 춥지만 무서워서 그려유. 201호 집에 테이프 쳐진 것 봤시유?"

"201호에 무슨 일 있었어요?"

"그 아줌마 칼에 찔려 죽었시유. 경찰이 왔다 가고 구급차도 오고 그랬시유."

"누가 왜요?"

"몰랐시유? 미친 딸이 그랬다고 뉴스에꺼정 났었는디."

그 사건이었나. 며칠 전 텔레비전 뉴스를 통해 보았던 살인
사건 하나가 퍼뜩 기억났다. 앵커는 서울 근처 S시의 한 빌라
에서 60대 여인이 살해당한 사건이 있었다고 보도했다. 범인
으로 추정되는 용의자는 조현병을 앓고 있는 30대 딸이라고
했다. 이어 앵커는 뉴스에 출연한 패널리스트에게 최근 우리
사회에 조현병 환자에 의한 살해 사건이 잦은데 이런 문제에
대처할 수 있는 방책으로는 어떤 것이 있느냐고 물었다. 그때
나는 또 조현병 환자야, 하고 채널을 다른 곳으로 돌려버렸다.

"근디 갸는 아녀유. 갸가 정신이 왔다 갔다 혀도 본심은 착
하잖여유. 넘들은 정신병자라면 죄다 악마로 생각허는디 갸
는 절대로 아니여유."

무엇을 근거로 하는 말인지 몰라도 102호 할머니는 201호
아가씨가 범인이 아니라는 걸 확신하고 있는 듯했다.

"그럼 누가?"

"거 있잖여유, 사회복지사. 아줌씨가 죽기 전에 들었던 말
인디유. 복지사가 딴 데로 발령받아 갔대유. 담당이 바뀌었응
께 딸내미 수급비를 마음대로 빼먹을 수가 없잖여유. 그러니
께 아가씨도 만나주지를 않았대유. 아줌씨가 복지사에게 전
화혀도 안 받으니께 복지사를 찾아가서 딸내미를 안 만나주
면 그동안 수급비 빼먹은 짓을 죄다 고발혀겠다고 협박했다

고 하더구먼유. 긍께 탄로 나면 직장에서 쫓겨날까 봐 그랬을
수가 있잖여유. 미친년이 발작이 나서 제 엄마를 죽였다고 뒤
집어씌울 작정이야 을매든지 할 수 있는 일이니께유."

"201호 아가씨는요?"

"정신병원에 갇혀서 조사를 받는다고 허는디. 나서서 돌봐
줄 사람도 없으니께 진짜 범인이든 아니든 경찰이 몰고 가는
대로 되고 말겠지유."

올 때마다 느껴지는 불길한 기운에 꺼림칙하던 빌라에서
살인 사건까지 있었다고 하니 그로테스크함에 더는 머물 엄
두가 나지 않았다. 102호 할머니 집에서 나온 후에는 우편함
에 들어 있는 지로 용지만 꺼내 들고 걸음아 나 살려라 도망
치듯 빌라를 벗어났다.

중개사에게서 마침내 빌라의 세입자가 구해졌다는 연락을
받았다. 짐을 뺀 후 사무실로 오면 보증금을 반환해주겠다고
했다. 곧바로 빌라를 찾았다. 집 안으로 들어가 짐을 챙겨 넣
은 캐리어 두 개를 끌고 부리나케 밖으로 나왔다.

곧바로 부동산 중개사무실에 갔다. 열쇠를 반납하자 중개
사가 계좌번호를 달라고 했다.

"커피 한잔하고 가세요."

계좌로 보증금을 이체한 중개사가 인스턴트 커피를 탄 잔
을 내 앞에 놓고 맞은편 소파에 앉았다.

"201호 살인 사건 때문에 많이 놀라셨지요?"

"사건 당시 나는 빌라에 없어서 나중에 알았어요."

"아하, 그러셨구나. 다행이네요. 201호 때문에 들어오는 세입자들마다 항의를 해대는 바람에 저도 힘들었거든요. 201호 아주머니가 그렇게 되고 말았으니 이젠 소음 문제로 항의를 받을 일은 없어졌지만…… 아무튼 그곳에서 지내시느라고 고생 많았습니다."

사정을 뻔히 알고 있었으면서 모르는 척 빌라를 소개했던 일이 찝찝했던지 중개사가 뒤늦게 미안함을 표시했다. 보증금도 반환받았으니 더는 이곳에 있을 필요가 없었다. 커피잔을 비우자마자 나는 자리에서 일어났다.

전철을 타고 집으로 돌아왔다. 속깨나 썩였던 빌라 문제가 마무리되었기 때문인지 기분은 홀가분했다. 잃었던 천국을 되찾은 것 같은 기분으로 소파에 앉아 텔레비전을 시청했다. 인간은 사회적 동물이라고, 내가 살고 있는 세상에 오늘은 또 어떤 일이 있었는지 궁금해졌다. 뉴스 채널 버튼을 눌렀다. 보도 내용은 언제나 그랬듯이 비리, 부패, 살인, 사기 같은 범죄에 관한 것이었다. 몇 달째 전국을 강타하고 있는 고위 공직자와 부인의 비리 문제가 압권이었다. 직위를 이용해 비리를 저지르고도 잘못이란 깨달음이 없는 고위 공직자와 허욕에 눈이 먼 부인이 남편의 직위를 이용해 온갖 이권에 개입했던 일들이 연일 터져 나오고 있었다. 잘못에 대한 인식이 없는 판단 불능이라는 측면에서 볼 때 고위 공직자 부부와 빌라 거주민들은 다를 바가 없었다.

최근 뉴스를 시청할 때마다 악인에 대한 나의 인식이 달라져 있는 것을 깨닫게 되었다. 예전에는 뉴스에 보도되는 범죄자들은 나와 멀리 있는 특별한 사람들이라고 생각했었다. 빌라에 거주한 후로는 내가 사는 곳에 범죄가 있고 악인도 있다는 인식이 강해졌다. 그런 인식의 변화를 통해 비로소 내가 생의 한가운데 들어와 있는 것을 깨닫게 되었다.

환기를 하려고 열어놓은 베란다 문을 통해 비행기 여러 대가 날아가는 소리가 크게 들렸다. 무슨 일이 있나 싶어 베란다로 나가보았다. 국군의 날도 지났는데 공군 전투기 여러 대가 날아가는 것이 보였다. 전투기가 지나간 높은 허공에는 하얀 비행운이 고속도로처럼 길게 그려져 있었다. 그걸 보고 있으니 201호 아가씨가 주절대었던, 새들이 날아다니는 비상도로는 서로 다르다고 했던 말이 생각났다. 만일 내가 하늘을 날아다니는 새라면 어디쯤에 나의 비상 도로가 위치하고 있을까, 궁금했다. 길게 그려져 있는 비행운을 시선으로 좇으며 한 층, 한 층, 층수를 높이고 있었다. 그때 새들이 날아다니는 길은 서로 다른데 멋모르고 자꾸 높이 날려고 하면 독수리 같은 맹금류에 잡아먹힌다고 했던 201호 아가씨의 말이 환청처럼 들렸다. 아가씨가 하는 말을 정신병자가 하는 헛소리로 들어 넘겼었다. 지금은 생각이 달라져 바로 그런 말이 명언이라고 생각하게 되었다. 연일 텔레비전마다 보도하고 있는 고위공직자 부부의 사건만 하더라도 그랬다. 자신이 날아다닐 수있는 비상 도로가 어디에 위치하고 있는지 그것만이라도 인지하고 있었더라면 나라를 뒤흔드는 그럴 일은 저지르지 않았을 테니까 말이다. 생각이 거기까지 미치자 201호 아가씨가 하는 말을 헛소리로만 알고 무시했던 일이 미안하게 여겨졌다. 201호 아가씨는 절대로 범인이 아니라고 했던 102호 할머니의 말도 귓전에서 웅웅거렸다. 201호 아가씨가 어머니를 살해한 범인으로 몰려 있는 일이 안타깝기만 했다. 나에게는 그럴 힘이 없다는 걸 알면서도 201호 아가씨가 혐의에서 벗어나게 도와줄 수 있는 방법은 아주 없는 걸까, 한동안 궁리에 골몰했다.

직박구리

1

6월 장마철이다. 며칠째 내린 비에 사방이 눅눅했다. 그렇게 퍼부어대고도 아직도 내릴 비가 남았는가 보다. 지금은 소강상태지만 담묵색 구름이 하늘을 잔뜩 덮고 있는 걸로 보아 조만간 또 한차례 비가 쏟아질 조짐이 보였다.

긴 장마 기간 동안 한 일이라고는 낡은 소파에 앉아 바깥 풍경을 바라보며 지난 세월을 반추하는 것이 전부였다. 이 아파트에 입주해 삼십 년 넘게 사는 동안 특별한 일은 없이 소소한 일상만 반복하고 지냈다. 지금은 소소한 일상마저 흔들리고 있었다.

현재 이 아파트는 낡을 대로 낡아버렸다. 그래도 울창하게 자란 나무들이 만들어준 풍경만큼은 신규 고급 아파트가 부럽지 않을 만큼 좋다. 그 풍경을 친구 삼아 바라보며 시선을 멀리 던졌다. 지금은 출입을 않고 있는 노인회관도 눈에 들어왔다. 그곳에서 함께 시간을 보냈던 노인들이 떠올랐다. 그중에는 건물 옥상에 세워져 있는 광고물처럼 나의 망막을 가득 채우는 여자가 있었다. 베란다 바로 앞 고욤나무에서 끼잇 끼잇 듣기 싫은 소리로 울어대는 직박구리만큼이나 시끄럽게 떠들어대어 내가 인간 직박구리라고 부르는 여자였다. 보나 마나 인간 직박구리는 오늘도 노인들의 외로움을 담보 삼아 제 세상인 양 설치고 있겠지. 회관 출입을 끊게 만든 여자를 생각하는 것만으로도 불쾌해져서 시선을 딴 곳으로 돌려버렸다.

시계를 보았다. 열두시 삼십분. 입맛이 없는데도 때가 되어서 그런지 배가 고팠다. 뭘 먹을까 생각하던 중 바로 위층에 사는 303호가 즐겨 먹는 소머리국밥이 생각났다. 이 양반은 밥이나 먹고 들어앉았나. 303호와 점심을 같이하려고 휴대전화기를 찾아 버튼을 눌렀다. 신호음만 들릴 뿐 연결되지 않았다. 궂은 날씨에도 누굴 만나고 돌아다니느라고 전화를 안 받는 거야. 툴툴대며 종료 버튼을 누른 휴대전화를 소파에 휙 던져버렸다. 오 초도 지나지 않아서 휴대전화에서 발신음이 흘러나왔다. 발신자는 303호였다. 얼른 통화 버튼을 눌렀다.

"나다. 받을라 카는데 끊겼네."

"비가 오는 날씨에도 어딜 그렇게 돌아다닙니까?"

"날궂이 하느라고 그런지 무릎이 아파 온맘에 와 있다."

온맘은 아파트 상가 안에 있는 한의원이다. 진료비 천오백 원만 내면 침을 놔주고 물리치료기로 어깨와 다리도 주물러주고, 뜨끈뜨끈한 팩으로 찜질까지 해준다. 무료한 시간을 보내기가 고역스런 노인들에게는 온맘 물리치료실처럼 좋은 곳이 없다. 요즘 같은 장마철에는 빈 침대가 없을 만큼 노인들이 바글거린다. 침대를 차지하고 누운 노인들은 멀리 있는 자식들보다 온맘 한의사가 더 효자라고 입을 모아 칭송한다.

"너도 이리 온나."

303호가 꼬드겼으나 하릴없이 시간을 보낼 목적으로 온맘 치료실 침대에 드러눕는 짓은 하고 싶지 않았다.

"안 갈랍니다. 근데 형님은 점심은 먹고 거기 누워 있는 겁니까?"

"벌써 점심때가 됐나?"

"아직 안 먹었으면 같이 소머리국밥이나 먹으러 갑시다."

"너 팥죽도 좋아하지? 소머리국밥은 나중에 먹고 오늘은 온맘 옆에 있는 죽집에서 팥죽 사가지고 갈 테니까 기다려라."

303호의 말대로 나는 팥죽을 좋아한다. 6·25 전쟁 당시 피난을 갔을 때 매일 장터를 헤매고 다녔었다. 배가 고플 때마다 매번 발길을 멈춘 곳은 팥죽 장사 앞이었다. 침을 꼴깍거리다가 입고 있던 윗옷을 벗어주고 팥죽 한 그릇을 얻어먹곤 했었다. 303호의 말을 듣고 나니 이렇게 비가 오는 날에는 뜨끈한 국밥도 좋지만 습기 잡는 팥죽이 제격일 수도 있었다.

"그러면 얼른 사가지고 오이소."

입맛을 다시면서 통화를 마쳤다.

303호를 기다리면서 텔레비전을 보고 있던 중이었다. 쏴아아 소리가 들리더니 빗줄기가 쏟아지기 시작했다. 환기를 시키려고 열어두었던 베란다 창문 안으로 빗줄기가 들이쳤다. 끄응 소리를 내고 힘들게 몸을 일으킨 후 베란다로 나갔다. 창문을 열 때도 힘을 적잖이 빼더니 닫을 때도 꼼짝하지 않았다.

"워, 워. 늙은이 기운 그만 빼라."

죽을힘을 다해 창문을 밀었다. 그때야 끼이익 소름 돋는 소리를 내고 닫혔다. 열고 닫을 때마다 기운을 홀랑 빼놓는 걸 생각하면 당장이라도 창틀을 교체하고 싶었다. 불편함을 고수하고 있는 것은 오래전 승인이 났던 아파트 재개발이 현재 빠른 속도로 추진되고 있기 때문이었다.

준공된 지 삼십 년이 훨씬 넘은 이 아파트 단지는 전용면적 13평, 17평, 25평의 소형 평수뿐이다. 분양 당시에는 경쟁률이 꽤나 높았다. 운이 좋았는지 나도 25평 아파트가 당첨되었다. 입주 초기에는 단지 내 풍경이 썰렁했다. 세월이 흐른 지금은 울창하게 자란 나무들이 숲을 이루고 있었다. 반면에 입주 초기에 기운이 펄펄했던 나는 이제 늙어버렸다. 아파트도 나처럼 외벽마다 뱀이 기어가는 듯 구불구불한 균열이 생기고 계단의 턱도 각이 날아가버렸다. 재개발 사업이 속도를 내어 주민들의 이주가 완료되면 이 아파트는 헐리게 될 것이다. 그러면 삼십 년 넘게 이곳에서 살았던 내 삶의 흔적들도 사라지고 만다. 올해로 여든 살이 된 늙은이에게 내일이란 장담할 수 없는 일이다. 어쩌면 존재 자체가 이 세상에서 사라지고 없을지도 모른다. 아직도 삶에 대한 애착이 강한 걸까. 낡은 아파트가 헐리고 나면 새 아파트가 들어서는 것처럼 인간의 육신도 재건축되어 제2의 인생을 살 수 있었으면 좋겠다는 공상을 해본다. 그럴 수만 있다면 앞 동에 살았던 203호도 그렇게 허망하게 떠나지 않았을 테니까 말이다. 비슷한 시기에 이 아파트에 입주해 삼십여 년을 살았던 203호의 나이는 두 살 아래였다. 안타깝게도 몇 달 전 먼저 세상을 떠나고 말았다. 그 죽음을 받아들이느라고 한동안 참 많이 힘들었다.

80대의 적지 않은 나이지만 노인들이 많은 이 아파트에서는 어른 축에 들지도 못한다. 거주민들의 연령대가 높다 보니 갑자기 쓰러지거나 죽은 노인들을 싣고 가는 구급차의 사이렌 소리를 자주 듣는다. 203호가 죽었던 그날 밤에도 적막을 사정없이 흔들어대던 사이렌 소리를 들었다. 오늘 또 누가 죽었거나 응급상황이 발생해 병원에 실려 가나 보다, 하고 귓전으로 무심히 흘려들었다. 다음 날 오전이 되어서야 구급차에 실려 간 사람이 앞 동에 살았던 203호였다는 것을 알았다. 오래전부터 당뇨에 협심증을 앓고 있긴 했지만 갑작스런 죽음에는 충격을 받지 않을 수 없었다. 베란다로 나가면 203호가 살았던 아파트 부엌 창문이 보인다. 내가 베란다에서 빨래를 걸고 있으면 203호가 창문 밖으로 얼굴을 내밀고 저녁밥 안 먹었으면 자기 집으로 오라고 부르곤 했었다. 지금도 그 목소리가 귀에 쟁쟁하다.

삼십 년이 넘도록 이 아파트를 떠나지 않고 살고 있는 동안 다른 집들은 주인이 여러 번 바뀌었다. 긴 세월 한곳에 터줏대감처럼 눌러살았던 것은 처음부터 이 아파트가 좋아서만은 아니었다. IMF 때 은행에 다니던 큰아들이 정리해고를 당했었다. 그 아들의 재기를 돕느라고 이 아파트를 담보로 해서 대출을 받아주었다. 그 빚에 묶여 있다 보니 팔고 다른 곳으로 가고 싶어도 갈 수 없었다. 다행히 새로 시작한 아들의 사업이 조금씩 자리를 잡아가면서 그때 받은 대출금을 다 갚아주었다. 얼마 전부터 재건축 대상인 아파트마다 투기 붐이 일기 시작했다. 이 아파트도 재개발 승인을 받자마자 시세가 껑충 뛰어올랐다. 덕분에 이제는 내가 역모기지론을 받아 눈감을 때까지 필요한 생활비와 요양병원비는 자식들에게 손을 벌리지 않고도 지낼 수 있게 되었다.

이 아파트에 살면서 금전 외에 챙긴 또 하나의 재산이 있었다. 그건 입주 당시만 해도 볼품없이 작았던 나무들이 무럭무럭 자라 휴양지가 부럽지 않은 숲을 이루고 있는 단지 내 풍경이었다. 봄에는 벚꽃이 피고, 여름에는 하늘을 가릴 만큼 무성한 초록 잎의 세상이 된다. 가을에는 노랗게 물든 단풍잎이 발목을 덮을 만큼 떨어지고, 겨울에는 헐벗은 가지마다 하얀 눈꽃이 피고 있다. 이런 숲을 내 정원인 양 누리고 살 수 있는 곳이 서울에서 몇 곳이나 될까. 나의 의식에서는 아파트와 내가 한 몸이 되어 있었다.

아파트 풍경에 어울릴 만큼 사람 사는 풍경도 그랬으면 좋으련만 아쉽게도 그렇지 못했다. 현재 이 아파트 단지 안에 살고 있는 주민들은 세입자가 대부분이다. 낡을 대로 낡은데다 재개발이 본격적으로 추진되면서 임대료를 올리지 않고 세를 놓은 곳이 많아졌다. 주변 시세보다 저렴하다 보니 소형 평수에 세를 얻어 들어오는 주민들 중에는 저소득층이나 노인들이 적잖았다. 경제적 수준과 인격적 수준이 반드시 등식으로 성립하지는 않지만 현재 이곳 주민들의 수준은 예전에 비하면 현저히 떨어진다.

내가 노인회관 출입을 끊게 된 것도 그런 일과 무관하지 않았다. 그때 계절은 초봄이었다. 며칠 전부터 부녀회에서 한턱

쏘기로 했으니 회관으로 모이라는 광고를 하고 있었다. 그때는 회관에 발길을 끊기 전이었으므로 나도 갔었다.

그 시점이 언제부터였는지는 몰라도 회관에 갈 때마다 설쳐대고 있는 한 여자가 있었다. 여자는 내가 회관에 가면 내 손을 덥석 잡고 어서 오세요, 반갑습니다, 하며 집주인이 손님을 맞이하는 것처럼 인사를 했다. 그 여자는 우리 아파트 단지 주민이 아니고 13평이 밀집해 있는 다른 단지 주민이었다. 회관 방에서 자리를 잡고 앉아 여자를 지켜보던 나는 203호에게 저건 왜 또 여기 와 있느냐고 투덜거렸다. 노인회관에서 일어난 일이라면 모르는 것이 없는 203호가 거긴 노인들이 너무 많아 앉을 자리가 없기 때문이라고 했다. 회관 방에 앉아 있는 내내 여자는 잠시도 가만히 앉아 있지 않고 들락대며 큰 소리로 떠들어대었다. 언행 하나하나가 자꾸 눈에 거슬렸다. 보다 못해 시끄러운 꼬락서니가 직박구리를 닮아 보인다고 했더니 옆에 앉아 있던 303호가 맞다, 맞아, 손뼉을 치며 동감을 표했다.

내가 사는 아파트 앞에는 베란다를 가릴 만큼 크게 자란 고욤나무가 있었다. 겨울까지만 해도 직박구리는 그 나무 꼭대기에 찌글찌글 마른 채 붙어 있는 고욤만 따 먹고 이내 다른 곳으로 날아가곤 했었다. 봄이 되면서 고욤나무에서 금속을 긁는 듯 듣기 싫은 울음소리가 시도 때도 없이 들려왔다. 이

녀석이 이젠 아주 상주를 하는구나. 다른 곳으로 쫓아버릴 작정을 하고 작대기 하나를 구해서 고욤나무 가지를 툭툭 쳤다. 산수유나무 쪽으로 날아간 직박구리를 보고 나 무섭지? 그러니까 여기서 시끄럽게 울지 말고 제발 멀리 다른 나무에 가서 살아라, 한마디를 하고 돌아섰다. 바로 그때였다. 정수리에 뾰족한 것이 콱 박히는 느낌이 들면서 아팠다. 찍힌 부위에 손을 대고 이게 뭐지 위를 올려다보았다. 내 머리를 쪼아댄 범인으로 보이는 직박구리 한 마리가 베란다 밖으로 잽싸게 날아가는 것이 보였다. 그날 이후 직박구리는 내가 베란다에 나타나면 나뭇가지를 옮겨 다니며 노려보았다. 그로부터 며칠이 지난 후였다. 고욤나무 가지에 둥지 하나가 얹혀 있는 게 보였다. 안에는 갓 부화한 새끼들이 어미에게 먹이를 받아먹으며 끼이잇 끼잇 고약한 울음소리를 내고 있었다. 그때서야 아파트 화단의 나뭇가지마다 떼를 지어 날아다니던 참새 떼들이 사라지고 없는 것을 눈치챘다. 제 둥지 근처에 얼씬대는 것이 있으면 깡패처럼 달려들어 내쫓는 것이 직박구리의 습성이므로 참새들은 사나운 기세에 눌려 떠난 것이 분명했다.

언제부터인가 내가 직박구리를 닮았다고 한 여자가 노인회관의 중심인물이 되어 있었다. 여자의 좌우 양옆에는 노인들이 서열이라도 정한 듯이 쪼르륵 앉아 이야기를 주고받았다. 여자는 그 노인들을 상대로 새가 날아든다, 온갖 잡새가 날아든다…… 덩실덩실 춤을 추며 신명을 불러일으켰다. 꽤나 놀아본 솜씨였다. 여자가 떠벌리고 춤을 출 때마다 노인들은 어이구 잘 논다고 입을 헤벌쭉하니 벌렸다. 일상이 무료하기만 했던 노인들에게는 여자의 등장이 활력소가 되는 듯했다. 여자는 걸쭉한 입담과 노래와 춤으로 노인들의 환심을 사는 한편으로 제 편과 아닌 편을 철저히 구분하기도 했다. 여자의 편을 자청하는 노인들에게는 꿀같이 달달한 말을 건네며 갱엿처럼 찰싹 달라붙었다. 그런 한편으로는 자신을 달갑게 여기지 않는 나 같은 노인들에게는 마음씨 고약한 계모가 전처 자식 대하듯 말투가 퉁명스럽기가 이루 말할 수 없었다. 제 새끼를 낳을 둥지를 짓기 위해 고욤나무에 있던 참새들을 내쫓아버린 직박구리처럼 여자도 제 마음에 들지 않는 노인들은 트집을 잡아 무안을 주는 방법으로 스스로 노인회관의 출입을 끊게 만들었다.

노인회 회장 선거를 앞두고 있을 때였다. 후보로 나온 사람은 두 명이었다. 법학과 출신이라는 임 노인과 젊은 시절 주먹깨나 쓰면서 정치판에서 놀았다는 강 노인이었다. 다른 단지에서 사는 여자를 이곳으로 불러들인 사람이 강 노인이라는 말을 들었다. 강 노인이 선거운동을 도와주는 조건으로 인간 직박구리에게 꽤 많은 돈을 주었다는 말도 들렸다. 개표 결과 강 노인이 현저한 표 차이로 회장으로 당선되었다. 선거운동원으로 뛰었던 여자의 덕분이었다. 임 노인을 지지했던 203호가 강 노인이 선거운동을 조건으로 여자에게 돈을 주었으므로 불법 선거라며 당선은 무효라는 주장을 했다. 여자와 203호가 무효다, 아니다 언성을 높이며 진실 공방을 벌이던 중이었다. 언변이 짧은 203호가 입심 좋은 여자에게 밀리는 건 불을 보듯 뻔한 일이었다. 여자가 거칠게 쏟아내는 말에 밀린 203호가 선거와 상관없는 여자의 사생활을 들먹였다. 소문에 듣자 하니 이놈 저놈 붙어먹는 것이 특기라더라, 시집을 간 것이 세 번이라 했나 네 번이라 했나, 재주도 좋다, 하며 인신공격적인 발언을 날렸다. 그런 말을 그냥 듣고 있을 여자가 아니었다. 바로 눈을 허옇게 치켜뜨고 203호에게 달려들었다. 이놈 저놈에게 붙어먹는 걸 네 눈깔로 보고 그 딴 주둥아릴 놀리는 거냐, 맛 좀 봐라, 하며 손바닥을 쫙 편 여자가 203호의 머리카락을 손가락 사이마다 끼우고 앞으로 확 잡아당겼다. 203호가 두 팔과 두 다리를 개구리처럼 좌우로 쫙 벌린 채 바닥에 쿵하고 엎어졌다. 충격으로 온몸을 벌벌 떨더니 오줌까지 줄줄 싸고 말았다. 그걸 본 303호가 놀라 저거 이제 보니 깡패다, 깡패, 하며 몸을 부르르 떨었다. 다른 사람도 아니고 친구나 다름없는 203호가 그런 모욕을 당하는 걸 보고 참을 수 없었던 나도 자리를 박차고 일어났다. 살다 살다 참 별 더러운 꼴을 다 본다, 예전 같았으면 너 같은 저질은 상대도 안 했던 나다, 누구 앞에서 그따위로 배워먹지 못한 막된 행실을 하는 거냐고 고함을 질렀다. 여자는 피식 비웃고는 앞으로 바짝 다가왔다. 아이고, 그러셨어요. 그렇게 잘난 분이 저기 강남 압구정동에 살지 못하고 어쩌다가 이런 서민 아파트에서 살고 있습니까. 듣기 싫은 탁한 목소리로 비아냥거렸다. 꽃밭에 있으면 꽃향기를 맡고, 화장실 앞에 있으면 구린내를 맡을 일밖에 없다더니 똥통도 저런 똥통이 없다 싶었다. 목구멍을 차고 올라오는 구역질을 참지 못해 왝왝거리며 노인회관을 나와버린 후 출입을 끊어버렸다.

나는 조만간 여자가 노인회에서 쫓겨나게 될 것으로 예상했었다. 실제로 전개되는 사정은 정반대였다. 여자에게 당한 노인들은 대항은커녕 그 여자—인간 직박구리에게 더 고분고분하게 굴고 있다는 말이 들렸다. 노인회 회장 강씨를 등에 업고 있는 여자—인간 직박구리의 세력은 시간이 갈수록 더 단단해졌다. 노인회라는 정부에서 여자는 누구도 함부로 대할 수 없는 실세로 군림하고 있었다. 대통령이 부럽지 않을 권력을 휘두르는 그 여자—인간 직박구리에게 회원들은 읍소하기 바빴다. 혹여 왕따를 당할지 모른다고 지레 겁을 먹은 회원들은 인간 직박구리가 자장면이 먹고 싶다고 하면 얼른 중국집에 전화해 배달을 시켜주고, 아이스크림이 먹고 싶다고 말하면 마트까지 직접 가서 사다 바치기도 했다. 또 부녀

회와 관리실에서 지원해주는 보조금을 부당하게 챙겨도 아무도 나서서 항의하지 않았다.

그 여자—인간 직박구리에게 머리채를 잡혀 엎어지면서 오줌까지 싸는 망신을 당했던 203호도 마찬가지였다. 얼굴에 시꺼먼 멍이 들어 열흘 남짓 병원을 다니고 있던 203호에게 폭행죄로 고발을 하라고, 아니면 치료비를 청구하든지 하라고 충동질을 했다. 203호는 고개를 설레설레 흔들었다. 아들 며느리에게 용돈을 챙겨 받으면서 애들처럼 싸움질이나 하여 경찰서에 드나들고 있는 걸 손주들까지 알게 될까 봐 겁이 나서 그렇다고 했다. 그것이 전부는 아니었다. 만일 그랬다가 아주 인간 직박구리의 눈 밖에 나서 노인회관에 얼씬도 하지 못하는 일이 생길까 봐 두려워하는 것 같았다. 그렇지 않고서야 그 망신을 당하고도 노인회관에 갈 때마다 떡, 요구르트, 사과, 찐빵 같은 간식거리를 싸들고 가서 여자에게 안겨줄 이유가 없지 않은가 말이다. 너는 속도 없냐고 빈정거리면 203호는 노인회관을 가야 사람을 만날 수 있으니 어쩌겠느냐고 했다. 203호는 혼자 있는 것을 병적으로 견디기 힘들어 했다. 열두 살 무렵 생모와 사별하고 계모 밑에서 자랐다고 하는데 말을 듣지 않는다고 광에 갇힌 적이 더러 있었다고 했다. 남편마저 일찍 세상을 떠난 후 혼자 있으면 불안감이 상승해 호흡 곤란이 올 만큼 힘들다고 말한 적이 있었다. 나는 인간 직박구리를 볼 때마다 비위가 상해 누가 흠씬 두들겨 패주기를 바랄 정도였다. 하루는 303호에게 그 말을 했더니 고개를 절레절레 흔들었다. 나이는 우리보다 훨씬 적어도 당뇨, 고혈압, 심장병까지 병이란 병은 다 차고 있는 병주머니다. 누구든지 걸리기만 걸려라, 바가지 왕창 씌워 뜯어내려고 기회만 엿보고 있을지도 모른다. 그런 여자를 어설프게 건드렸다가 갯값 물어줄 일밖에 더 있느냐고 했다. 그런 인간 직박구리에게 203호는 눈치깨나 보며 설설 기다가 세상을 떠났다. 나도 직박구리에게 고욤나무를 빼앗기고 내쫓긴 참새 떼처럼 인간 직박구리에게 떠밀려서 노인회관 출입을 끊을 수밖에 없었다.

2

303호가 팥죽을 사 들고 집으로 온 것은 두시가 다 되어갈 때였다. 오는 길에 노인회관에도 들른 모양이었다. 인간 직박구리가 온갖 요설을 나불대면서 설쳐대고 있더라고 하면서 일회용 용기에 담긴 팥죽을 식탁에 올려놓았다. 나는 똥밭에 가봐야 똥 밟을 일밖에 더 있느냐, 거긴 뭐 하러 들렀느냐고 핀잔 같은 한마디를 하고는 팥죽을 먹기 시작했다. 눅눅한 날씨에 먹는 뜨끈뜨끈한 팥죽 맛은 별미였다. 나는 금방 그릇을 비웠는데 303호의 팥죽은 그대로 있었다. 내가 수저로 그릇을 탕탕 치면서 퍼뜩 먹지 않고 뭐 하느냐고 또 핀잔을 주었다. 303호는 수저 대신에 식탁에 놓여 있는 냅킨 상자에서 한 장을 빼내었다. 입술을 닦고는 사실은 얼마 전부터 먹기만 하면 자꾸 체하고 속이 메스꺼워 고생하고 있는 중이라고 했다. 아들에게 말해 MRA를 예약해놓았는데 내일이 검사를 받는 날이라고 했다. 아들이 퇴근길에 데리러 온다고 해서 그만 가봐야 한다고, 다녀와서 보자고 했다. 검사하고 금방 오라는 나의 말에 303호는 그래, 알았다, 차 안에서도 그냥 앉아 있지 않고 발바닥에 땀 나도록 뛰어올게, 하며 껄껄 웃고는 아파트를 나갔다.

아들 집으로 간 303호는 보름이 지나도록 돌아오지 않고 있었다. 하루에도 몇 번 위층 303호에서 인기척이 나는지 귀를 기울여보았다. 조용했다. 이제나 올까, 저제나 올까. 전화 한 통 없는 303호를 목이 빠지게 기다리고 있었다. 저녁 무렵 현관 인터폰이 울렸다. 드디어 303호가 왔구나. 부리나케 현관문을 열었다. 문 앞에 서 있는 사람은 303호가 아니었다. 차림이 무척이나 세련된 중년 여자가 서 있었다.

"303호 며느리인데요. 어머니가 소식을 전해달라는 부탁을 하셔서 들렀어요."

"소식이라니요?"

"어머니가 MRA 검사 결과 췌장암 말기로 나왔어요. 의사 선생님이 길어야 석 달 남짓이라고 하시네요."

핑하고 현기증이 일었다.

"그래서 지금 요양병원에 들어가 계세요."

살날이 고작 석 달 남짓이라는 소식을 전한 며느리의 표정에는 슬픔 같은 건 보이지 않았다. 평소 판사 아들은 입에 침마를 새 없이 자랑하면서도 며느리는 불편하게 여기는 눈치를 보였었다. 며느리를 보고 나니 왜 그랬는지 알 것 같았다. 303호의 부탁을 받고 마지못해 나를 찾아왔을 며느리는 그 말을 끝으로 승강기가 있는 쪽으로 걸어갔다.

3

몇 달 사이에 친구를 모두 잃고 나니 하루가 다르게 기력이 떨어지고 있었다. 살아 있어도 죽은 것과 다를 바 없이 누워 지내는 시간이 길어졌다. 가고 싶은 곳도 없고 하고 싶은 일도 없이 하루 온종일 누워서 한 달을 보냈다. 귀에서 이상한 소리가 들리기 시작했다. 더 살아서 뭐 할 건데, 더 살아서 뭐 할 건데! 저승사자가 붙잡아 가려고 문 앞에서 서성거리고 있

는 것만 같았다. 죽는 것은 두렵지 않았다. 하지만 자식도 없
는 독거노인처럼 혼자 죽은 203호를 두고 노인회에서 뒷말깨
나 많았던 것처럼 내 자식들이 남의 입방아에 오르내리는 건
싫었다. 죽음은 어느 누구도 거부할 수 없는 현실로 머잖아
닥칠 일인 건 분명했다. 그때를 대비해 누가 되었든지 잠시라
도 같이 살 자식을 찾아보고 싶어졌다. 2남 2녀의 자식들은
특별히 잘나지도 특별히 잘 살지도 않지만 특별히 부모 속을
썩인 일도 없이 반듯하게 잘 자라준 편이었다. 그런 만큼 같
이 살자고 나서는 자식이 하나는 있으리라 믿고 전화를 했다.
제일 먼저 전화를 한 자식은 큰딸이었다. 내가 살날이 얼마나
남았는지 몰라도 여생은 너와 같이하면 안 되겠느냐고 물었
다. 큰딸은 난처한지 잠시 침묵하더니 말했다. 그런 건 며느
리에게 물어봐야지. 나한테 물어보면 어떡해. 엄마가 싫어서
가 아니라 시어머니 보내고 일 년도 안 됐잖아. 또 그 일을 하
라는 건 아니잖아. 솔직히 같이 사는 건 자신 없어. 거부의 의
사를 분명하게 표명했다. 치매를 앓다가 돌아가신 시모 간병
에 지쳐버린 사정을 모르지는 않았다. 그래도 그렇게까지 단
호하게 거절할 줄은 몰랐다. 그래, 여긴 아니지. 서운하기는
해도 큰 감정 없이 포기를 한 나는 작은딸에게 전화했다. 큰
딸에게 했던 말과 내용을 조금 달리해 내가 좀 힘들어서 그러
는데 6개월만 너의 집에서 지내면 안 되겠느냐고 물었다. 작

은딸은 직장 다니면서 집안일까지 하고 사는 자신이 엄마와 한집에 사는 것은 현실적으로 불가능한 일이지 않느냐고 딱 잘라 말했다. 더는 할 말이 없어서 알았다, 한마디만 하고 전화를 끊었다. 아무래도 며느리 눈치가 보여 순위를 뒤로 미뤄 놓았던 큰아들에게도 전화했다. 내 말을 건성으로 들으면서 지금 손님들이 몰려 바빠서 그러니 용건만 간단하게 말하라고 했다. 그런 큰아들에게도 더는 할 말이 없어서 전화를 끊고 말았다. 마지막으로 막내아들에게 전화했다. 내 말에 마음이 짠했던지 혼자 지내기가 힘들어서 그런 것 같은데 용돈 보내드리겠다, 친한 친구들과 여행이라도 다녀오라고 했다. 다른 자식보다는 나를 좀 더 이해하긴 했지만 결국 내가 듣고 싶은 말을 피하기는 제 형이나 누나들과 크게 다르지 않았다. 작은아들에게 너에게 돈 달라고 한 말 아니다, 못 들은 걸로 해라, 냅다 소리를 지르고는 전화를 끊어버렸다.

203호와 303호랑 친자매처럼 어울려 지낼 때는 자식들이 같이 살자고 할까 봐 겁을 냈었다. 그랬던 내가 두 사람과 헤어지고 나니 하루에도 수십 번 마음이 무너지고 있었다. 환청에 시달리는 일만 없다면 자식들에게 굳이 그런 부탁을 할 이유도 없었다. 자식 넷에게 돌아가면서 서운한 대답을 듣고 나니 서러움이 왈칵 솟구쳤다. 시집을 세 번인지 네 번인지 갔었다는 직박구리 같은 여자도 외로울 사이 없이 자식들이 들락

거리면서 떠받든다는데 나는 뭘 잘못해서 이런 홀대를 받는
걸까. 눈물이 그렁그렁해졌다. 아들은 말할 것도 없고 두 딸
들도 제 새끼 키울 때는 봐달라고 문턱이 닳도록 뻔질나게 들
락거렸었다. 써먹을 수 없는 폐품이 되어 같이 살자고 하니 외
면으로 일관하는 자식들을 상대로는 마음이 아무리 힘들어도
전화기를 드는 일이 쉽지 않았다. 홀로 남는 외로움이 이렇게
큰 것인지 정말 몰랐었다. 그날 이후 어깨를 꼿꼿하게 세우고
당당했던 나도 그만 기가 부쩍 꺾이고 말았다. 어쩔 수 없이
이제부터는 아파도 안 아픈 척, 용돈이 떨어져도 있는 척, 외
로워도 즐거운 척한다는 삼척 할매들처럼 살아야 한다고 마
음을 다잡았다. 결심에도 불구하고 집 안에 갇혀 지내는 날이
길어지면서 환청뿐만 아니라 헛것이 보이기도 했다. 베란다
로 나가면 누런 삼베옷을 입은 203호가 나를 향해 손을 흔들
고 있고, 거실에 있으면 암으로 세상을 떠난 친정 여동생이 언
니 나랑 같이 놀자고 하고, 눈을 감으면 오래전 세상을 떠난
어머니와 아버지가, 안방으로 들어가면 먼저 세상을 떠난 남
편이 앉아 있는 게 보였다. 때로는 그들 모두 한꺼번에 몰려
와 이젠 너도 가자고 하면서 손을 잡아당길 때도 있었다. 나
도 203호처럼 혼자 집 안에 있는 것이 무서워지기 시작했다.
혼자 있는 시간을 줄여보려고 요양병원에서 죽음을 기다리고
있는 303호의 면회나 다녀올까 싶어 전화번호를 수없이 눌러

보았지만 상태가 위중한지 연결이 되지 않았다.

　길게 이어졌던 장마가 마침내 끝났다. 날씨는 연일 맑음 상태가 지속되고 있었다. 그런데도 자리에 누우면 가자, 가자, 하는 환청과 죽은 자들이 떼로 나타나 손목을 잡아당기는 환시 증상은 그대로 나타났다. 이대로 있다가는 아주 미쳐버리겠구나. 환청과 환시에서 벗어나보려고 점심밥을 먹고는 모처럼 집을 나왔다. 어느덧 8월, 뜨거운 폭양이 쭈글쭈글한 내 살갗에 화살처럼 박혔다. 아파트 단지 내 울창한 나무마다 쓰르라미들이 전기톱에 쇠가 깎이는 소리를 내며 울어대고 있었다. 그 소리에 어릴 적 살았던 산골 마을이 떠올랐다. 친구와 같이 마을 뒷산에 진달래를 따러 가면 이곳저곳 바위마다 두 남녀가 머리만 보이는 자세로 앉아 있었다. 인기척을 내고 지나가면 머리통만 바위 밑으로 쏙쏙 사라지는 걸 보고 얼굴을 붉히고 웃었던 일, 여름 장마철이면 냇가 자갈돌마다 탯줄이 휘감겨 있는 걸 본 기억도 났다. 태어나기 전부터 일본에게 나라를 빼앗겨 일본인 선생이 가르치는 학교에 다닐 때는 쑥을 캐 오라는 등 어린 나이에 노동에 시달리기도 했었다. 6·25 전쟁으로 졸업은 못했지만 사범학교에 다닐 무렵에는 동경 유학생이었던 동네 오빠와 어울려 지냈던 생각도 났다. 그 오빠는 내게 「사의 찬미」를 불렀던 윤심덕과 가와바타 야스나리라는 작가가 쓴 소설 「설국」 이야기를 들려주었다. 해

방의 기쁨이 채 가시기도 전에 6·25 전쟁이 나 피난을 떠나면서 그 오빠와 연락이 끊겼다. 전쟁이 끝나고 집으로 돌아왔던 그해 가을 오빠 집 마당에 장독처럼 크게 자란 늙은 호박이 있었다. 오빠 아버지가 호박을 따고 줄기를 정리하는데 뿌리가 뽑힌 바로 그 자리에 사람의 시체가 있었다. 동네 사람들은 그 시체가 전쟁이 끝나도 돌아오지 않고 있던 오빠일 거라고 했다. 그 후 결혼해 고향을 떠났다. 자식 넷을 키우느라 정신없이 살다 보니 진달래가 만발하는 고향도, 소설 「설국」이야기를 해주던 오빠도, 장독처럼 커다란 늙은 호박 뿌리 밑에 시체가 있었던 것도 잊고 지냈었다. 나라를 잃은 설움을 비롯해 6·25 전쟁을 겪기도 했던 험난한 성장기를 보낸 후 결혼한 남편은 여필종부를 부르짖어 힘들었다. 그런 힘든 생활도 꿋꿋하게 겪어내었는데 나이가 든 지금은 아무 문제가 없이 편안한 하루를 보내는 일도 힘이 들었다. 친구들을 떠나보내고 홀로 보내야 하는 외로움 앞에서는 속절없이 무너지고 있었다. 처연함에 젖어 걷는 사이 정문 앞까지 와 있었다.

정문을 나서봐야 딱히 갈 곳이 없었다. 다시 집으로 돌아갈까. 나온 김에 근처 재래시장이라도 가볼까. 방향을 잡지 못하고 있을 때였다. 큰 나무에 건물이 반쯤 가려져 있는 노인회관 쪽에서 직박구리가 큰 소리로 울어대는 소리가 들렸다. 회관 건물에 눈길이 머물렀다. 누가 나와 있는지 궁금했다.

보나 마나 꼴 보기 싫은 인간 직박구리가 설쳐대고 있을 게 뻔했다. 저긴 아니야. 정문 밖으로 걸어갔다. 몇 발자국 걷지 않았을 때였다. 발작처럼 소변이 마려웠다. 참기 힘들었다. 부리나케 노인회관 안으로 들어갔다.

회관 안에 있는 화장실로 들어가 변기에 걸터앉았다. 힘을 주었지만 실처럼 가는 오줌 줄기가 쪼르르 흘러나오다가 멈추고 말았다. 화장실을 나와 방문 앞 복도를 걸어가는데 닫혀 있는 밀문 너머 방 안에서 노인들이 주고받는 소리가 들렸다. 그 속에는 남들보다 두서너 배 큰 목청에 가래가 낀 듯 탁한, 인간 직박구리의 목소리도 있었다. 인기척을 내지 않으려고 최대한 발소리를 죽이고 걸었다. 밀문 앞을 미처 다 지나기도 전이었다. 드르륵 닫혀 있던 밀문이 열리는 소리가 들렸다. 돌아보니 내가 인간 직박구리라고 부르는 그 여자였다.

"어머나, 이게 누구세요. 교양 할머니시잖아요."

어쩐 일인지 전에 없이 인간 직박구리가 나를 반겼다. 못 본 사이에 많이 변해 있었다. 노인회관에 처음 나타났을 때는 시커먼 문신을 한 눈썹에 분장에 가까운 진한 화장을 하고, 꽃무늬 블라우스에 장식이 달린 치마 차림을 하고 있었다. 천박의 모델 같았던 인간 직박구리가 못 본 사이에 딴사람처럼 달라져 있었다.

"그동안 어떻게 지내셨어요?"

인간 직박구리는 노인회관에서는 자신이 실세임을 과시해 보이려는 것인지 거만한 강남 사모님을 연상시키는 말투로 말했다.

"크게 바쁜 일도 없으실 텐데 놀다 가세요."

인간 직박구리가 내 손을 덥석 잡고 방으로 끌어당겼다. 순간 이해 못할 안도감이 들었다.

"자주 좀 오시지 그래요."

"아이고, 나는 이사 간 줄 알았네."

인간 직박구리에게 손목을 잡혀 방 안으로 들어선 나를 본 노인들이 반가움을 표하며 너도 나도 한마디씩 했다. 죽은 사람들의 환청만 듣고, 죽은 사람들의 모습만 보다가 살아 있는 사람들의 목소리를 들으니 가슴이 울컥해지기까지 했다. 문득 직박구리에게 얻어맞고 오줌을 싸는 망신을 당하고도 빵, 사과, 떡 같은 간식거리를 갖다 바치던 203호의 모습이 떠올랐다. 걷다가 기운이 떨어지면 먹으려고 들고 나왔던 인삼 절편 몇 조각과 호두가 들어 있는 봉지를 나도 모르게 인간 직박구리 손에 쥐여주고 말았다. 왜 이런 짓을 하는 건지 나도 내가 이상했다.

"역시 교양 할머니는 수준이 달라도 한참 다르다니까요. 친구분들도 안 계시는데 혼자 지내기 얼마나 힘드셨어요. 제가 언제든지 친구가 되어드릴 테니 자주 나오세요."

봉지 안에 무엇이 들었는지 확인한 인간 직박구리는 얼굴 가득 웃음을 띠고 미풍 같은 부드러운 말투로 말했다. 여자의 그런 친절에 다시 한번 안도감을 느끼면서도 한편으로는 가슴에 커다란 구멍이 생기고 있었다. 그 구멍 안에서는 또 다른 내가 슬피 울고 있었다.

백로와 사막코끼리

아내의 기일이다. 부엌에서는 맏딸이 요리를 하고 있다. 온종일 도마 소리가 끊이지 않는다. 제사 음식만 하는 것이 아니라 외국에서 살다가 일시 귀국하는 아들을 위한 요리도 하고 있기 때문이다. 아들이 한국을 떠났을 때 두 손녀는 초등학교 입학생이었다. 지금 중학교 졸업반이라고 하니 결코 짧은 공백이 아니다. 박 노인은 아들 부부와 손녀들을 만날 생각을 하니 가슴이 마구 뛰었다. 아들이 박 노인을 원망하며 해외로 떠났을 때가 이 집에 입주했을 무렵이었다. 그럼에도 불구하고 봄기운이 감돌기 시작하면 뒷산 소나무 숲으로 찾아드는 백로들을 볼 수 있는 이 집이 좋았다.

봄이 되면 뒷산 소나무 숲을 찾아오는 첫 손님은 왜가리였다. 지난봄에도 이마와 머리 꼭대기는 흰색, 눈 위를 지나 뒷머리 쪽은 넓은 검은색 띠, 등, 어깨, 허리, 위꼬리덮깃이 회색을 띠고 있는 한 쌍의 새가 소나무 숲으로 날아왔다. 왜가리들은 발톱으로 소나무 가지를 움켜잡고 있었다. 어딘가를 주시하고 있던 왜가리들이 푸드득 날개 치는 소리를 내며 다시 허공으로 날아올랐다. 잠시 시선을 벗어났던 왜가리들이 다시 돌아왔다. 부리 끝에 마른 가지가 물려 있는 것으로 보아 둥지 짓기를 시작한 것 같았다. 먼 길을 오느라고 피곤할 텐데 쉬지도 않고 바로 둥지 짓기를 시작한 걸 보니 성격이 박 노인만큼이나 급해 보였다.

소나무 숲으로 날아드는 새는 또 있었다. 유라시아와 아프리카 같은 온대 지방에서 겨울을 나는 여름 철새로 몸 전체가 하얀 깃털로 이루어져 있는 백로들이었다. 눈앞의 피부가 녹색을 띤 중대백로, 부리가 황색을 띠고 있는 중백로, 머리와 목에 여우 털빛 같은 노란 깃털을 한 황로, 몸 전체가 하얀색이지만 발가락이 노란색을 띠고 있는 노란 쇠백로들이 차례로 소나무 숲으로 날아들었다. 새들은 한 나무에 날아온 순서대로 집을 지었다. 맨 꼭대기에는 첫 손님으로 날아든 왜가리, 그 밑으로 중대백로, 중백로, 황로, 쇠백로가 둥지를 틀었다. 둥지 짓기가 한창일 때는 하루에도 몇 번 소나무 숲이 떠나갈 것처럼 왁왁 꽉꽉 하는 소리가 시끄럽게 들렸다. 무슨 일이 있나. 소나무 숲을 살펴보니 백로 두 마리가 서로 마주 보고 서서 부리로 상대방을 공격하고 있었다. 옆 둥지에서 나뭇가지를 슬그머니 빼내 제 둥지를 지으려다 걸린 백로들의 싸움은 흔히 있는 일로 자주 목격되었다. 선비처럼 점잖아 보여도 한 나무에서 50센티미터도 안 되는 간격을 두고 둥지를 짓다 보니 얌체 짓을 일삼는 녀석들이 종종 있었다. 고고해 보이는 모습에 어울리지 않는 짓을 하는 백로를 볼 때마다 사람이나 짐승이나 육신을 입고 사는 것들은 누구라도 사욕에서 자유로울 수 없나 보다, 하고 쓴웃음이 절로 나왔다. 백로들은 둥지를 짓는 도중에 짝짓기를 하지만 끝난 후에도 짝짓기는 이루어졌다. 산란과 포란 과정을 거쳐 솜털이 보송보송한 새끼들이 태어나면 어미 새와 아비 새는 먹이를 구해오기 바빴다. 유추 기간을 보낸 새끼들이 스스로 먹이를 찾아 먹을 만큼 성장한 무렵이면 소나무 숲은 한겨울에 눈꽃이 하얗게 핀 것처럼 장관을 이루었다. 그때 즈음이면 새끼들이 이소할 시기가 되어 백로들은 소나무 숲을 떠났다. 멀리 가지는 않았다. 근처 논과 하천 주변에 하얗게 몰려들어 여름을 지내다가 찬바람이 불기 시작하면 따뜻한 곳을 찾아 떠나버리곤 했다.

8월이 되자 백로들이 떠났다. 다만 소나무 숲에 한 마리가 아직 그대로 남아 있었다. 이상 고온 현상이 잦다 보니 더러 계절을 착각하고 떠나지 않고 있는 녀석들이 있긴 했다. 잠시 계절을 착각한 것이려니 그렇게 생각했었다. 며칠을 지켜본 결과 꼭 그 때문만은 아닌 것 같았다. 혼자 소나무 숲에 남아 있는 백로는 힘이 없어 보였다. 백로도 자신처럼 노쇠하여 무리에서 홀로 낙오된 것으로 짐작되었다. 백로의 수명이 팔십여 년 남짓이니 죽음을 앞둔 늙은 백로라면 칠순 중반의 박 노인보다 나이가 더 많은 형님뻘이 될 수도 있었다.

"이보시요, 백로 형님, 다른 친구들은 모두 떠났는데 왜 혼자 남아 있는 거요? 혹시 나처럼 중병이라도 들어 죽을 날을 받아놓은 거요?"

미동도 없이 앉아 있던 백로가 응답이라도 하는 것처럼 날개를 펴고 두어 번 푸드덕거리더니 다시 조용해졌다.

"백로 형님도 나처럼 아프다고요? 쯧쯧쯧."

박 노인은 폐암 말기 환자이다. 갑자기 고열이 오르고 호흡 곤란 증세까지 나타나 병원에 실려 갔던 것은 6개월 전이었다. 폐암 말기 진단을 받았을 때까지 전조 증상이 전혀 없었다. 그 바람에 치료 시기를 놓쳐버리고 말았다. 자신이 폐암 말기라는 것도 퇴원하던 날 의사가 맏딸에게 하는 말을 엿듣고서야 알았다. 길어야 고작 6개월이라고 했던 진단을 받았을 때가 지난 3월 초였다. 지금은 8월, 의사가 추정했던 생존 기간 6개월을 거의 채웠다. 체력을 잃고 몸은 뼈만 남을 정도로 바짝 말라버렸다.

시한부 진단을 받기 전까지 박 노인의 삶은 적어도 겉으로는 평화로웠다. 집 안을 깔끔하게 청소해놓고 날마다 새로운 음식을 맛깔나게 만들어 상을 차려주는 혜숙이 덕분이었다. 오후에는 함께 마트를 다녀오기도 하고 드라이브를 즐기기도 했다. 해가 지면 박 노인에게 신문이나 책을 읽어주고 치매 예방에 좋다면서 화투 놀이를 권하기도 했다. 혜숙이는 화투를 칠 때면 화투 철학 강의도 했다. 패를 잘못 내고 한 번만 물려달라고 하면 낙장불입입니다. 이 낙장불입을 통해 인생에서 한 번 실수가 얼마나 크나큰 결과를 초래하는지 인과응보를 배우게 되죠. 패가 풀리지 않아 전전긍긍하고 있으면 버릴 때는 비, 풍, 초, 똥, 팔, 삼. 살면서 무엇인가를 포기해야 할 때 우선순위를 생각하다 보면 위기 상황을 극복해가는 과정을 깨우칠 수 있죠. 광박을 당하면 인생은 결국 힘 있는 자가 이기듯 광이 힘이 된다는 사실을 깨닫게 하죠. 최소한 광 하나는 가지고 있어야 인생에서 실패하지 않다는 걸 명심하세요. 피차 점수를 내지 못하면 결론적으로 인생은 곧 나가리라는 허무를 깨닫게도 해주죠. 그런 너스레들을 곧잘 떨어대었다. 박 노인은 저녁마다 잃는 돈이 적잖아도 혜숙이가 곁에 있어서 마냥 행복했다. 호흡 곤란 증세로 쓰러지고 시한부 진단을 받은 후로는 마트 출입이나 드라이브는 말할 것도 없고 화투 놀이조차 할 수 없을 만큼 기력이 쇠약해져버렸다. 가슴

통증과 혼수상태로 빠져드는 주기가 점점 짧아지면서 동선은 집 안으로 제한되었다. 그때부터 박 노인의 하루는 창문을 통해 백로들을 바라보며 시간을 보내는 것이 전부였다.

혜숙이는 박 노인이 젊은 시절 인쇄소를 할 때 경리 일을 보던 직원이었다. 맏딸과 동갑내기로 꽤 오랫동안 일을 하다가 시집을 갔다. 혜숙이를 다시 만난 것은 아내가 세상을 뜨기 삼 년 전이었다. 외출을 했었다. 식당에서 식사를 하고 있을 때였다. 서빙을 하는 중년 여인이 자꾸 박 노인을 쳐다보았다. 내 얼굴에 뭐가 묻었나. 식사를 마친 박 노인은 냅킨 한 장을 빼서 입술 주변을 닦으며 계산대 앞으로 갔다. 그때 중년 여인이 박 노인 옆으로 왔다.

"혹시 인쇄소를 하셨던 박상욱 사장님 아니세요?"

중년 여인이 묻는 말에 박 노인은 깜짝 놀랐다.

"나를 어떻게 알아요?"

자신을 알고 있는 여자에게 경계심을 안고 물었다.

"저는요. 인쇄소에서 경리 일을 했던 강혜숙이에요."

세월이 흘러 변하긴 했어도 이름을 듣고 나니 또렷한 윤곽선이며 야무져 보이는 인상이 강혜숙이 분명했다.

"사장님, 전화번호 주세요. 식당 쉬는 날 제가 연락드리고 찾아뵐게요."

앞치마 주머니에 들어 있던 휴대전화를 꺼낸 혜숙의 말에 박 노인은 전화번호를 불러주었다.

혜숙이 박 노인에게 전화를 해 다시 만난 것은 2주 후였다. 집 근처 카페에서 혜숙이를 만난 박 노인은 그동안 어떻게 지냈느냐고 물었다. 혜숙이 남편은 대형 화물 트럭 운전기사였는데 졸음운전으로 세상을 떠났다고 했다. 본인의 과실로 일어난 사고이다 보니 보상금 한 푼 받을 수 없었다고 한다. 혼자 된 후로는 생계를 위해 줄곧 식당 일을 하며 지내고 있다고 했다.

"사모님은 어떻게 지내세요?"

혜숙은 자신을 딸처럼 대해주었던 아내의 근황을 궁금해했다. 아내는 오래전부터 우울증을 앓고 있었다. 혜숙이를 만났을 때 아내는 치매가 정신분열로 악화된데다 당뇨까지 심해져 많이 힘든 상태였다. 간병인을 구해놓아도 금방 나가버렸다. 아내의 이야기를 들은 혜숙은 눈물을 글썽거렸다.

"세상에, 사모님이 어쩌다가 그렇게 되셨어요. 정말 열심히 사신 분이셨는데……"

혜숙은 진심으로 안타까워했다. 혜숙이의 말대로 아내는 초등학교 선생을 하면서도 퇴근 후에는 밤늦게까지 인쇄소 일을 도우면서 열심히 살았다. 겉으로는 강해 보여도 마음이 여린 여자였다. 때마침 아내를 돌보아주던 간병인이 갑자기 그만두어 사람을 구하는 중이었다.

"아내의 간병을 해줄 사람이 있으면 소개 좀 해줘."

박 노인의 말에 혜숙이 생각에 잠겼다.

"제가 해볼게요."

혜숙이 자청해 그 일을 맡겠다고 해서 집으로 데려갔다.

"혜숙아, 정말 반갑고 고맙다."

혜숙을 좋아했던 아내는 삼 년 가까이 간병을 받다가 세상
을 떴다.

아내의 장례를 치른 박 노인이 제일 먼저 한 일은 지금 살
고 있는 집을 짓는 일이었다. 아내와 같이 살았던 아파트를
팔고 새집으로 입주를 할 때였다. 아내가 세상을 떠난 후 다
른 일자리를 찾아 떠난 혜숙이를 다시 불렀다.

"집을 다 짓고 아파트도 팔려 곧 이사를 가야 하는데 밥해줄
사람이 없어. 혜숙이에게 가사도우미를 부탁하면 안 될까?"

아파트에 살면 맏딸이 자주 들여다볼 수 있지만 이사 갈 집
은 거리가 멀어 찾아오는 일이 쉽지 않았다. 혜숙은 박 노인
의 사정을 차마 거절할 수 없었던지 순순히 수락했다.

박 노인과 혜숙이와 같이 새집으로 들어갔다. 혜숙은 주방
이 있는 일층에서, 박 노인은 창문을 열면 바로 뒷산 소나무
숲이 보이는 이층에서 지냈다. 집에 맞추어 가구와 가전제품
도 구입하고 승용차도 새로 샀다.

어느 하루 맏딸과 아들이 박 노인이 살고 있는 집을 찾아왔

다. 그때 처음으로 박 노인이 혜숙이와 같이 살고 있는 것을 알게 된 아들은 길길이 뛰었다.

"혼자가 아니라 저 여자와 같이 살고 있었다고요? 이 땅이 어떤 땅인데 어떻게 그러실 수가 있어요?"

사실 이 땅은 아내가 퇴직금으로 구입해놓은 것이었다. 정원 있는 집에서 살아보는 것이 아내의 마지막 꿈이었다. 안타깝게도 퇴직 후 아내의 우울증이 더 심해졌다. 혼자 두면 어떤 일이 벌어질지 몰라 이곳으로 들어올 엄두를 내지 못했다. 아내는 이곳에 집을 짓고 날마다 정원을 가꾸는 꿈만 꾸다가 세상을 떠났다. 그 아내가 저세상으로 떠나자마자 집을 짓고 혜숙이까지 데리고 들어왔으니 둘이 새살림을 차린 것으로 오해를 할 수는 있었다.

"저 여자가 뭔데 여길 들어와 사는 겁니까? 그러니까 두 사람은 진작 그렇고 그런 사이가 되어 어머니가 돌아가시기만 손꼽아 기다리고 있었던 겁니까?"

아들이 흥분을 했다.

"너는 혼자 생활해야 하는 아비의 걱정 따윈 안중에도 없구나. 저 사람은 나를 도와주기 위해 내 옆에 있는 것이니 괜한 오해는 하지 마라. 예의가 아니다."

박 노인은 서운함을 표하며 넌지시 타일렀다.

"예의가 아니라고요. 그런 예의, 어머니에게는 왜 지키지 못하셨습니까? 뭐든지 아버지 뜻대로만 하셨잖아요. 어머니에게 쓰시는 돈은 한 푼도 아까워 돌아가실 때까지 귀신 나올 것처럼 낡은 아파트에 처박아두더니 저 여자를 위해서는 아까운 줄 모르고 펑펑 잘도 쓰시는군요."

아들은 박 노인의 말을 되받아치면서 듣기 고약한 말들을 마구 쏟아내었다.

"건방지게 애비 인생에 자식 놈이 왈가왈부하느냐."

아들의 심한 말에도 참고 있던 박 노인의 화가 폭발하고 말았다. 눈을 부릅뜨고 소리를 질렀다.

"내가 아버지 인생에 왈가왈부 안 하게 생겼어요? 어머니가 우울증에 정신분열까지 앓아야 했던 것은 매사 아버지 뜻대로만 하면서 억압하고 거기다 바람까지 피워 그렇게 된 일이잖아요?"

아들은 어떤 해명도 귀담아 듣지 않고 지난 일까지 들추어내며 박 노인을 공격했다.

그 일에 관해서는 잘못을 모르지 않았다. 아내가 아파 누워 있는 동안 죄 갚음 삼아 나름으로는 간병에 성의를 다했었다. 그런 수고는 아랑곳없이 아들은 제 어머니만 불쌍히 여기면서 고약한 말들을 마구 내뱉었다.

"아픈 네 엄마를 위해서는 나도 할 만큼 했다."

박 노인의 말이 채 끝나기도 전이었다.

"내가 아버지 자식이 맞기나 해요? 어릴 때부터 아버지는 저만 보면 버럭버럭 화를 내며 미워해서 어머니가 다른 곳에서 낳아 온 자식인 줄 알았거든요. 누나도 내색만 안 하고 있을 뿐 아버지의 이기적인 성격 때문에 얼마나 힘들게 지냈는지 알고 있으세요?"

그것으로 끝이었으면 좋았으련만 아들은 다시 씩씩거리면서 험한 말을 쏟아내었다.

"내가 저 여자를 위해 이 집에 들인 돈 반만 달라고 했어도 당장 호적에서 파내버린다고 하셨을 겁니다. 마누라와 자식에게 쓰는 돈은 피처럼 여기면서 저 여자에게는 돈 쓰기를 물처럼 하는 이유가 뭡니까. 혹시 내연의 관계 그런 겁니까?"

아들은 입에 거품을 물고 따졌다.

박 노인의 입장에서는 패륜에 가까워 보이는 아들의 언행에 피가 거꾸로 솟구치는 기분이었다.

"이놈아, 내연 관계라면 네가 어쩔 거냐?"

참다못한 박 노인이 탁자에 놓여 있던 컵을 집어 아들에게 던져버렸다. 유리컵이 아들의 이마를 강타했다. 퍽 소리가 나더니 아들의 이마에서 붉은 피가 주르르 흘렀다.

"그래요. 아버지는 언제나 이런 식이었죠. 제가 이렇게 성장할 때까지 대화다운 대화 한번 나눈 적 없고, 의논 한마디 없다가 일이 꼬이면 가족들에게 화풀이나 하셨던 그런 사람이었죠. 제가 그렇게 갈증을 느꼈던 사랑 대신 불만만 키워주었죠. 어머니 마음고생이 오죽했으면 그런 병이 들었겠어요. 알고 싶어요, 아버지에게 가족은 뭐였는지. 원치 않았던 굴레나 멍에 그런 거였나요? 혼자 바람처럼 떠돌며 거칠 것 없이 살고 싶었는데 어머니 뱃속에 누나가 잉태되는 바람에 주저앉은 것이 억울해서 그랬어요?"

아들은 흘러내리는 피를 손으로 닦으면서도 퍼부어대는 일을 멈추지 않았다.

박 노인의 가슴에 왕대못을 박아놓은 아들은 다음 해 봄 가족들을 데리고 아내의 친정이 있는 호주로 떠나버렸다. 아들이 떠난 후 만딸은 박 노인에게 교회를 가자고 졸라댔다. 죽으면 그것으로 끝이라고 생각하는 박 노인은 거절했다. 그런 어느 날 딸이 심방이라는 명분으로 집으로 목사를 초대했다. 내 집에 찾아온 손님이니 접대는 해야 할 것 같아서 마지못해 예배를 보고 목사와 차를 마시면서 이야기를 나누었다. 목사가 주로 했던 말은 가족에 관한 것이었다. 포인트만 정리해보면 완전한 가족이 되려면 세 번을 만나야 한다. 첫번째는 낳아주고 길러주는 생물학적 가족으로 만나고, 두번째는 정신적으로 만나고, 세번째는 영적으로 만나는 것이다. 그래서 부모의 역할도 먹이고 입히는 생물학적 역할에만 머무르지 말고 정신적인 문제에도 개입해서 올바른 인격으로 클 수 있도록 도와주어야 자식들의 인격 형성에 도움이 되고 부모 자식 사이에 발생하는 불화를 줄일 수 있다고 했다. 또 살다 보면 인간의 힘으로 할 수 없는 문제들이 너무 많은데 그때마다 의지할 수 있는 절대적 존재를 믿고 따르라고 했다. 그러면서 절대적 존재가 가르쳐주는 사랑을 배우라고 했다.

목사에게 들었던 그 말이 시시때때로 귓전을 맴돌았다. 자신에게 가족의 의미는 무엇이었는지, 몇 번의 만남이 있었는지 생각해보게 되었다. 뇌리에 떠오르는 것은 죽음을 무릅쓰고 타클라마칸 사막을 횡단하는 사막코끼리뿐이었다. 어려운 가정에서 자라 배고픔이 어떤 것인지 아는 박 노인은 새끼들을 배불리 먹이려고 죽음을 무릅쓰는 사막코끼리처럼 생물학적인 아버지 역할은 할 만큼 했다고 자부할 수 있었다. 나머지 정신적인 문제, 영적인 문제에 관해서는 해준 것이 아무것도 없다는 자책감이 없지 않았다.

사실 아들은 전형적인 모범생이었다. 어디에 내놓아도 손색이 없는 실력을 갖추었고 인물도 훤해 아내에게는 더없는 자랑거리였다. 그런데 참 이상했다. 아들의 말대로 정작 혼전 임신으로 자신의 발목을 붙들어 맸던 맏딸에게는 남다른 애착을 느끼면서도 아내가 그토록 자랑스럽게 여기는 아들에게는 살뜰한 정이 느껴지지 않았다. 어리석은 탓인지 몰라도 아들은 자신에게 기어오르는 일에만 애쓰는 불편한 도전자로 여겨졌다. 아들이 다 클 때까지 머리 한번 쓰다듬어준 적이 없었다. 아들도 박 노인을 대하는 태도가 냉랭하기 짝이 없었다. 부자 사이에 한랭전선처럼 냉랭한 기류가 감도는 분위기 때문에 정작 힘들어했던 사람은 아내였다. 밖에서 낳아 온 자식 대하듯 한다는 불만이라도 표출하면 박 노인은 당신이 그따위로 말을 하니 아들놈이 그러는 것이라고 입을 다물어버리게 만들고, 자신을 탓하는 아내와 아들을 못마땅해했다. 그렇게밖에 처신할 수 없었던 것은 박 노인 또한 아버지에게 사랑을 받아본 적이 없다 보니 사랑하는 방법을 몰랐기 때문이었다.

박 노인의 아버지는 알코올 중독자였다. 술에 취하면 느닷없이 애비를 우습게 아는 놈이라며 몽둥이질을 해대기 일쑤였다. 생계를 책임지는 일도 등한시하면서 자식들의 장래도 크게 걱정해본 적이 없던 아버지였다. 그러면서도 집안에서는 목소리가 컸다. 온종일 밭일을 하고 집에 돌아온 어머니가 조금이라도 짜증을 내면 다짜고짜 주먹을 휘둘러댔다. 그러다가 어린 박 노인에게 이유 없는 몽둥이질을 해대기도 했다. 어머니는 아버지에게 얻어맞아 퍼렇게 멍이 든 얼굴로도 다음 날이면 또 호미를 들고 밭으로 나가셨다. 신기한 것은 어머니는 폭행을 일삼는 남편과 살면서도 원망하는 일이 없었다. 어린 박 노인이 아버지에게 얻어맞고 울면 등을 토닥이면서 포도주를 마시고 취해 장막에서 벌거벗고 쓰러져 잤던 노아와 그 아들의 이야기를 해주셨다. 부모가 비록 부끄러운 짓을 해도 노아의 아들처럼 실수나 허물을 덮어주는 자식은 하나님이 크게 축복한다고 하니 너도 그런 아들이 되어 축복받는 인생을 살기를 바란다는 말을 자주 하셨다. 아버지는 머리가 허옇도록 술에 취해 살면서 내가 개천에 가서 엎어져 죽을지언정 네놈에게 송장 치워달라는 부탁 따윈 하지 않을 것이라고 호언장담했었다. 그래도 어머니의 영향 때문인지 아버지가 병이 들어 자리에 누워 돌아가실 때까지 모든 병수발을 박 노인이 도맡아 했다. 부성애에 굶주렸던 박 노인은 한풀이 삼아서라도 자식들에게 좋은 아비 노릇을 하며 살 거라고 다짐했었다. 막상 살아보니 아들 문제에 관한 한 박 노인도 그토록 미워했던 아버지와 크게 다르지 않았다.

아들의 말대로 중년 무렵 한 여자를 만나 아내의 속을 썩였던 것도 사실이었다. 그렇다고 아내가 싫어서 피운 바람은 아니었다. 자신에 대해 불만이 많은 가족들만 바라보고 살기에는 가는 세월이 그저 초조하기만 했다. 문득문득 가슴을 파고드는 허망감이 눈길을 허공으로 돌리게 되었다. 그 무렵 한 여자에게 유혹을 받았다. 그리고 결정적인 실수를 범하고 말았다. 여자는 인쇄소 근처에 있는 카페 마담이었다. 박 노인과 모텔을 전전하는 관계로 진전되었다. 어느 날 마담이 또 다른 남자와 만나고 있는 걸 알게 되었다. 박 노인이 마담에게 나를 만나면서 다른 남자를 만난다는 건 잘못이 아니냐고 소리를 지르며 따졌다. 마담은 인쇄소 사장님이 나에게 해준 게 뭐가 있다고 그래요, 전속을 원하면 한 살림을 차려주든가, 하며 눈꼬리를 사납게 치켜세웠다. 마담이 내게 보여주었던 친절은 필요한 것을 얻어내기 위한 수단이고, 자신을 추켜세우고 웃던 얼굴은 자유자재로 썼다 벗었다 하는 여러 개의 가면 중 하나일 뿐이었느냐고 따졌다. 그 후 마담은 이런저런 핑계를 대면서 만나기를 피했다. 금방 갚아주겠다고 빌려 간 돈까지 떼어먹고 소리 소문 없이 카페를 떠나버렸다.

아내는 그 일을 알면서도 모르는 체하고 있었다. 박 노인이 마담과 관계를 시작했을 때 아내는 무력증에 빠져 있었고, 마담의 도망으로 관계가 끝났을 때는 아내의 우울증은 손쓸 수 없을 정도로 악화되어 있었다. 그러다가 발병한 치매기는 정신분열을 겸하여 나타났다. 정신과 의사는 아내의 병명을 사막병 또는 불새병이라고 했다. 정신병원에 입원한 아내는 병실 구석에 베개를 안고 쪼그리고 앉아 중얼거리기를 자주 했다.

"아가야, 옛날 어느 왕비가 사는 궁전 정원에 사과나무 한 그루가 있었단다. 그 사과나무에서는 금빛이 번쩍번쩍 나는 황금 사과가 열렸는데 하루는 온몸에서 금빛이 번쩍이는 새 한 마리가 날아와 황금 사과를 쪼아 먹고 말았단다. 왕비는 새의 부리에 쪼아 먹힌 황금 사과를 볼 때마다 마음이 아주 슬펐단다. 그래서 왕비는 불새를 잡으러 사막으로 갔단다."

아내가 환상의 사막을 헤매며 환상의 불새를 찾아 헤매는 발작을 일으킬 때마다 아들은 피눈물을 쏟아내며 박 노인을 원망했다. 아내도 한평생 고독 속에서 살다 갔지만, 평생을 나쁜 아비, 나쁜 남편으로만 살았던 박 노인도 외롭고 고독하기는 마찬가지였다. 살아오는 내내 가족들에게 사랑한다는 말을 해본 적도 없었고 들어본 적도 없었다. 내면이 황폐했던 만큼 주변 사람들 마음까지 황폐하게 만들고 살면서도 그것이 잘못인 줄도 몰랐다. 그저 돈만 있으면 노후는 아무 문제가 없다고 믿었다. 그랬던 박 노인도 막상 아들이 자신을 원망하다 해외로 떠나버리자 정신이 아득해졌다. 부모의 허물을 감싸줄 줄 아는 자식은 축복을 받는다는 어머니의 말씀에 억지로나마 순종하는 척했던 자신처럼 내심 아들도 그런 정도는 해줄 거라고 믿고 있었던 것 같았다.

아들과 달리 맏딸은 박 노인과 혜숙의 관계를 긍정적으로 보려고 애썼다. 그렇다고 혜숙이를 아주 믿는 눈치는 아니었다. 상식적인 시각에서 볼 때 젊은 여자가 병든 노인을 꿰차고 앉아 수발을 드는 일에 속셈이 전혀 없다고 볼 사람이 몇이나 있겠는가. 내연 관계로 오해하는 것은 당연한 일인지도 몰랐다. 혜숙이를 믿고 박 노인이 신용카드까지 내준 것을 본

후로는 서울 아파트를 판 돈 모두 혜숙이 수중에 들어가고 만
건 아닐까 의심을 하던 맏딸이 박 노인에게 통장을 보여달라
고 한 적도 있었다. 집을 지을 때 들어간 건축비와 생활비로
쓴 돈을 제외한 잔액이 통장에 고스란히 남아 있는 걸 보고
나서야 안심하는 눈치였다. 딸이 의심을 할 때는 서운한 마음
이 없지 않았다. 그래도 박 노인이 믿고 의지할 수 있는 유일
한 피붙이는 맏딸밖에 없었다. 남의 자식들은 사춘기를 핑계
삼아 허튼짓을 곧잘 하고 다닐 때도 제 어머니의 병수발에 정
성이었던 착한 딸이었다. 그런 맏딸이라고 해서 마음에 묻어
둔 불만이 아주 없지는 않겠지만 곧이곧대로 불만을 드러내
지 않는 맏딸이 고맙고 기특했다. 사위가 사업 부진으로 아파
트를 날렸을 때는 망설임 없이 딸에게 새 아파트를 사주었다.
그러면서도 아들에게는 전세금 한 푼 보태주지 않았다.

아들과 관계 회복을 하려면 불화의 원인인 혜숙이를 집에
서 내보내면 된다는 것을 모르지 않는다. 하지만 아무리 생각
해보아도 박 노인이 마지막까지 쥐고 있어야 할 패는 혜숙이
었다. 아들의 오해와 달리 박 노인은 자신이 십 년만 젊었어
도 전 재산을 주더라도 혜숙이와 부부의 연을 맺고 싶었다.
어쩌다 혜숙의 맨살이 노인의 시선에 들어오면 화톳불처럼
남이 있던 욕정의 불씨가 온몸을 태울 듯이 되살아났다.

"혜숙아, 내가 청혼하면 받아주겠니?"

하루는 혜숙에게 은근슬쩍 물어보았다.

"근친상간은 안 되죠."

혜숙이 깔깔대고 웃으며 거절을 했다.

"내가 너에게 청혼하는 일이 어째서 근친상간이냐?"

박 노인이 발끈하고 물었다.

"사장님은 제게 아버지와 다름없는 분이잖아요."

혜숙이의 대답에 박 노인은 맥이 빠지고 말았다.

'빌어먹을 내가 언제 저를 낳았다고 아버지는 뭐고 근친상간은 또 뭐냐.'

박 노인은 혜숙이와 며칠을 말 한마디 않고 지냈었다.

누가 뭐라고 하든지 박 노인은 혜숙이 먼저 떠나겠다고 할까 봐 겁이 났다. 혜숙이는 일요일마다 자식들을 만나러 집으로 갔다. 집을 나서는 혜숙이를 배웅할 때마다 박 노인의 마음은 불안했다. 또 약속한 시간 안에 돌아오지 않으면 안절부절못하기 일쑤였다.

소나무 숲에 둥지를 튼 백로가 낳은 새끼들이 먹이 경쟁을 치열하게 벌일 때였다. 한 둥지 안에서 자라는 형제 새들도 조금이라도 먹이를 더 받아먹기 위해 제일 약한 녀석을 골라 합심해서 둥지 밖으로 밀어버리는 것을 보았다. 둥지 밖으로 떨어진 새끼는 몸부림을 치고 있었지만 어미는 경쟁에서 낙오된 새끼에게는 가혹할 정도로 냉담했다. 결국 새끼는 굶어

죽고 말았다. 해외로 떠난 아들은 박 노인에게 전화 한번 하지 않았다. 서운함이 적잖았던 박 노인은 자신도 백로 어미처럼 둥지 밖으로 나간 아들은 외면하기로 결심했다.

하루는 맏딸 내외를 불러 자리에 앉혔다.

"내가 임종할 때까지 혜숙이가 떠나지 않고 나를 돌봐주면 이 집을 팔아 반을 주어라."

그 말을 들은 딸은 폭탄이라도 맞은 듯 멍한 표정을 지었다.

"돈만 주면 얼마든지 구할 수 있는 가사도우미가 있는데 왜 꼭 혜숙 씨여야 하고, 게다가 아버지 유산까지 나누어주어야 하는지 이해가 되지 않습니다."

박 노인의 일에는 되도록 말을 아끼고 있던 사위도 그때만큼은 이의를 제기하고 나섰다.

"이 말은 유언이므로 반드시 지켜주기 바란다."

아들 내외는 불만을 적잖이 표했지만 박 노인은 단호하게 말했다.

그로부터 얼마 후 박 노인은 맏딸이 누군가와 통화하는 소리를 엿듣게 되었다. 유언했다고 법적으로 효력이 있는 것도 아닌데 흥분할 필요 없어. 보증인 두 명을 세운 유언 공증이 있어야 하고 그것도 사망일로부터 이 년이 지난 건 무효래. 내가 혜숙 씨 의중을 떠볼 테니 너는 모른 척하고 있어. 통화의 내용으로 보아 상대는 아들로 짐작되었다. 제 누나를 통해

주기적으로 박 노인의 근황을 체크하면서도 직접 통화를 하는 일은 단 한 번도 없는 아들이 괘씸하기만 했다.

그 마음이 누그러지기 시작한 것은 폐암 선고를 받은 후부터였다. 지난날들이 자꾸 눈앞에 펼쳐지면서 후회도 많아졌다. 한평생 속물로 미망 속에서 살아왔다는 후회와 자책감이 아들을 그리워하게 만들었다. 참다못한 박 노인은 하루는 맏딸을 불렀다.

"네 동생이 보고 싶구나."

그 말은 들은 맏딸은 한참 동안 말없이 앉아 있기만 했다.

"언제 나올 수 있는지 전화해볼게요."

딸이 박 노인에게 그 말을 한 지 며칠이 지났을 때였다.

아들이 처음으로 노인에게 전화를 했다.

"아버지……"

그리고는 침묵이 이어졌다.

"잘 지내고 있니?"

침묵을 유지하고 있던 박 노인이 물었다.

"네."

아들은 그때서야 짧은 대답을 했다.

"아버지 컨디션은 어떠세요?"

"그냥 그렇다."

"열흘 후에 어머니 기일이잖아요. 그날 애들 엄마와 애들

데리고 들어갈게요."

"오냐. 알았다."

서로 어색함을 감추지 못한 채로 몇 마디 나누고는 통화를 마쳤다. 아들의 목소리를 듣는 순간 마음속에 꽁꽁 싸매고 있던 서운함과 괘씸함이 봄눈 녹듯이 일시에 녹아내리더니 전화기를 손에서 내려놓기도 전에 회한에 젖은 눈물이 볼을 타고 흘러내렸다.

그날부터 박 노인은 아들이 돌아올 날만 손꼽아 기다렸다. 10, 9, 8, 7, 6, 5, 4, 3, 2, 1. 마침내 아내의 기일이 왔다. 동시에 아들이 입국하는 날이 되었다. 아들이 오는 날 아침 혜숙은 제집으로 갔다. 집을 나서는 혜숙에게 박 노인은 며칠 푹 쉬다가 아들놈 가고 나면 꼭 다시 와야 한다고 신신당부를 했다.

아침부터 줄곧 안락의자에 앉아 지내고 있다. 수시로 시간을 체크하면서 아들이 나타나기만을 기다리고 있다. 오후로 접어들면서 피곤이 극심하게 몰려왔다. 그래도 금방이라도 아들이 문을 열고 나타날 것만 같아서 자리에 누울 수가 없다. 박 노인은 종일 안락의자에서 앉아 소나무 숲에 홀로 남아 있는 백로를 상대로 혼잣말을 중얼거렸다.

"이보시게 백로 형님, 오늘 마누라 기일이라고 몇 년 만에 아들놈이 며느리와 손녀들까지 데리고 비행기를 탔다고 하네. 혹시 자네도 이 숲에 눌러앉아 있는 이유가 내 아내 제삿밥 얻어먹고 내 아들을 보고 가려고 하는 건가?"

박 노인이 하는 말을 알아듣기라도 한 것처럼 백로가 날개를 두어 번 푸드덕거렸다. 그런 백로가 신기했다. 시간이 갈수록 박 노인의 기력은 급격하게 떨어지고 있었다. 탈진 직전에 이른 박 노인의 눈에 이상한 게 보이기 시작했다. 백로가 죽은 아내처럼 보였다. 손가락을 들 힘이 없는 중에도 백로가 아내였는지, 아내가 백로가 되었는지 확인해보고 싶었다. 백로에게 이리 오라고 손짓을 했다. 그러자 창밖 소나무 숲에 있던 백로가 날개를 펼치더니 방 안으로 날아왔다. 부리로 박 노인의 목덜미를 꽉 물고는 집 밖으로 날아갔다. 백로의 부리에 물린 박 노인은 허공을 훨훨 날아갔다. 얼마나 날았을까. 몸이 툭 하고 천길 벼랑 아래로 떨어져 내리는 아득한 느낌이 들었다. 여긴 어디일까. 주변을 살펴보니 사막 한가운데 있었다. 박 노인을 에워싸고 있는 것은 초원을 찾아가는 한 무리의 사막코끼리들뿐이었다. 내가 왜 여기에 있는 거지. 일어나려고 기를 쓸 때였다. 박 노인의 몸을 심하게 흔들어대는 손길이 있었다.

"아버지, 눈 좀 떠보세요. 아버지! 아버지! 죄송하다는 말도 사랑한다는 말도 아직 못했는데 이렇게 가시면 어떡해요!"

통곡을 하고 있는 사람은 애타게 기다리고 있던 아들이었다.

'그렇군. 온종일 목이 빠지게 기다리고 있던 아들이 왔군. 먼 길 오느라고 힘들었을 텐데 고생했다고 등이라도 두드려 주면서 반겨주어야지. 아니지. 널 사랑한다는 말부터 해야지.'

박 노인이 일어나 아들을 안아보려고 몸을 움직였으나 꼼짝도 하지 않았다. 뿐만 아니라 아들에게 다가가려고 애를 쓰면 쓸수록 전원이 꺼진 화면처럼 눈앞의 어둠이 점점 짙어지기만 했다. 마침내 더는 아무것도 보이지 않고 아무 소리도 들리지 않았다.

일상의 미세한 균열을 통한 인간 존재 탐색

이덕화(평택대 명예교수)

　서기향의 단편집 『붉은가슴울새』에서 첫번째 분석하려는 작품들은 20~30대의 청년 실업문제를 통하여 서서히 붕괴되는 청년들의 정체성을 포착한 작품들이다. 「제비와 붙어살이 벌레」 「미로」이다. 또 몽골 청년이 한국에서 노동자·학생·체류자로 살아가며 겪는 일상의 균열을 통해, 한국 사회가 이주 노동자에게 부과하는 구조적 조건을 사실적으로 드러낸 「욜하트」, 이 세 작품을 중심으로 청년들의 자존감이 어떻게 붕괴되고 사회로부터 고립되어가는가를 분석하고자 한다.

　「제비와 붙어살이벌레」 「미로」에서는 학점·토익·자격증에도 취업은 되지 않는 구조, 신자유주의 기업의 잔혹한 선별, 부모 세대는 이해하지 못하는 시간의 단절, 알바·스팸

콜·캐피탈 영업직 같은 '의사-노동'의 위태로움은 취업 실패 → 자기혐오 → 가족 갈등 → 사회 불신의 악순환으로 이어진다. 작가는 이 문제를 정치적 선언이나 직접적 사회 비판이 아니라, '가정의 코미디적 파국'으로 드러내고 있다.

두번째로는 노인의 시간을 다룬 작품들이다. 이미 많은 것을 잃었거나, 잃어가는 시기, 관계가 재편되고 해체되는 시기, 사회의 중심에서 밀려나는 시기, 기억이 삶을 지배하는 시기, 삶의 마지막을 '정리하여 바라보는' 시기, 그러나 작가는 이 시간을 비극적이거나 무력하게만 보지 않는다.

「백로와 사막코끼리」, 「직박구리」, 「붉은가슴울새」의 노인과 중년에 접어든 화자들이 그러하다. 이들은 모두 세상의 중심이 아닌 주변부에서 세계를 관찰하는 존재들이다. 이 주변부적 시선을 통해 오히려 현실의 핵심부를 꿰뚫는 통찰을 보여주는 세 작품을 중심으로, 노인이 가지는 상실과 고독을 통해 어떻게 인간 존재의 근원을 예리하게 탐구하는가를 보려고 한다.

서기향의 소설은 단순한 청년 취업 실패담이나 노인의 문제뿐만 아니라, 인간을 둘러싼 가장 작은 생태계와 가장 큰 사회적 생태계를 겹쳐놓아, 개인의 무력화를 동물적 은유로 풀어내고 있는데, 이 구조를 좀 더 심도 있게 살펴보려고 한다.

1. 새와 현실의 병치를 통한 인간 존재 탐색

1) 「제비와 붙어살이벌레」에 나타난 현실의 부조리와 잔혹성

서기향은 '가족-사회-개인' 삼중의 생태계로서 인간 존재를 탐구한다. 「제비와 붙어살이벌레」, 이 작품은 단순한 청년 취업 실패담이 아니라, 인간을 둘러싼 가장 작은 생태계(가족)와 가장 큰 사회적 생태계(신자유주의 노동 구조)를 겹쳐 놓아, 개인의 무력화가 어떻게 생산되는지를 걸출한 유머와 동물적 은유로 풀어낸다.

작가는 인간 세계를 동물들의 먹이사슬 구조처럼 서열화된 공간으로 보며, '하이에나·독수리·악어', '붙어살이벌레·천적' '활어 수족관' 등의 장면을 통해 인간관계의 잔혹성과 생존 경쟁을 다층적으로 겹쳐진 상징적 구조로 만든다.

이것은 근대적 인간이 합리적 주체라는 환상을 벗겨내고, '인간은 결국 생태적·조건적 존재일 뿐이다'라는 작가의 세계관으로 수렴한다. 주인공의 1인칭 서술은 전형적인 자기 비하 전략을 따른다. 그러나 자기 비하는 단순히 코미디가 아니라 현실의 잔혹성과 부조리를 고발하는 역설적 장치이다.

'붙어살이벌레' "회충약 먹고 똥구멍 빠져나온 회충처럼"(38쪽) '천적·붙어살이벌레 생태계' 등 이 과한 자기 비하는

'개인의 잘못'이 아니라 사회 구조가 개인을 이렇게 말하게 만들었음을 폭로하는 기법이다. 작가는 '무능한 개인'이라는 통념을 비틀어, 사실은 무능한 시스템을 보라고 독자를 이끈다.

우리 사회에서 될 놈 안 될 놈의 선별은 당사자의 능력 플러스 부모의 영향력이 상당 부분 작용한다. 이런 취업 불황 시대에도 기업체들이 알아서 모셔가는 명문대 출신들에게 부모의 프로필과 경제력이 어떤지 물어봐라. 부모 찬스가 얼마나 큰지를…… 그런 만큼 내 인생 이렇게밖에 풀리지 못한 건 결코 내 탓만 할 일은 아닌 것이다. 대학 졸업장만 있으면 회사를 골라가며 취업할 수 있었던 호시절을 지내온 아버지로서는 이해하기 힘들겠지만 말이다. 희망이 실망으로 변하고, 실망이 절망으로 악화된 지금 아버지는 나만 보면 사기라도 당한 것처럼 불만을 강하게 표하시지만 나로서는 보란 듯이 인생을 역전시킬 수 있는 처방전이 없다.(「제비와 붙어살이벌레」, 39쪽)

위의 인용문이 보여주듯이 이 작품의 화자는 그 나이에 학점, 스펙 등을 다른 사람들과 똑같이 획득했지만 자기 인생 풀리지 않는 것은 자신 때문이 아니라는 것을 항변하고 있다. 자신은 부모도 명문대 출신이 아니고, 경제력도 없어 부모 찬스를 노릴 수 없을 뿐만 아니라, 또 아버지처럼 대학 졸업장만 있으면 회사를 골라 갈 수 있는 호시절에 태어난 것도 아니다. 취업난, 부모 찬스, 명문대 선별 구조, '아버지 세대의 호시절'과 '아들의 현실'의 비가역성. 즉, 작품의 전개는 외부 자연 생태 → 내부 가정 생태 → 사회 구조 생태로 확장되며, 주인공이 '붙어살이벌레'로 전락한 이유가 '개인의 게으름'이 아니라 생태적 구조 전체의 문제임을 드러내고 있다.

이 작품은 오늘의 한국 사회에서 20~30대 남성 청년의 자존감 붕괴를 사실적으로 포착한다.

학점·토익·자격증에도 취업은 되지 않는 구조, 신자유주의 기업의 잔혹한 선별, 부모 세대는 이해하지 못하는 시간의 단절, 알바·스팸콜·캐피탈 영업직 같은 '의사-노동'의 위태로움은 취업 실패, 자기혐오, 가족 갈등, 사회 불신의 악순환으로 이어지며 작가는 이 문제를 정치적 선언이나 직접적 사회 비판이 아니라, '가정의 코미디적 파국' 속에 집어넣는다.

이것은 웃음을 통해 비극을 더 선명하게 보게 하는 블랙 코미디 전략이며, 한국 근대소설의 '가족 해부학' 전통을 현대적으로 계승한 방식이다. 인물의 감정과 사회 구조를 동물의 먹이사슬로 비유하는 생태-리얼리즘은 모든 가족 구성원이 동일한 생존 압력 아래 놓여 있다는 사실을 드러낸다. 가족은 더 이상 위로와 지지의 공동체가 아니라, 신자유주의 구조가 만들어낸 스트레스의 최전선이다.

「제비와 붙어살이벌레」는 '청년 취업 실패담'이라는 장르적 외피를 쓰고 있지만, 본질적으로는 가족 모두가 생태적 존재로, 청년 세대의 무력화는 개인 탓이 아닌 사회생태학적 요인으로 인한 것임을 보여주는 사회생태소설이다.

2) 이주노동자 「욜하트」의 낮은 목소리로 드러나는 구조적 시선

몽골에서 왔다고 말하는 화자의 목소리에는 고향을 떠나온 시간의 무게가 묻혀 있다. 그는 자신이 살던 마을이 한적하고 아름다웠다고 회상하지만, 그 아름다움은 곧바로 한국의 산과 대비되며 '덜 아름다운' 것으로 규정된다. 바로 이 지점에서 작품은 이주노동자가 한국 사회에서 겪는 미묘한 위계와 차별을 잡아낸다. 산의 생김새처럼, 사람의 고향과 그 삶의 배경도 평가받는 것처럼 느껴지는 순간이다. 한국의 산이 '숲이 우거진' 풍요의 이미지라면, 몽골의 산은 '가파른 바위들'로 묘사된다. 그러나 이것은 남자의 자기 비하가 아니라, 한국 사회가 빚어놓은 비교의 구도 속에서 자신의 고향까지도 열등한 것으로 느끼게 만듦으로써 구조적 시선을 드러낸다.

작품은 단순한 이방인의 회상을 넘어, 이주노동자가 한국에서 끊임없이 겪는 사회적 거리두기와 내부화된 차별의 양상을 보여준다. 이주노동자의 시선에 스며 있는 '덜 아름다운 산'의 이미지는 사실상 한국에서의 처지, 싼 노동력으로 호출되지만 정작 인간다운 삶을 보장받지 못하는 현실을 반영한다. 안전하지 못한 작업 환경, 불안정한 체류 신분, 그리고 언제든 대체 가능한 존재로 취급받는 노동시장의 구조가 그의 말투와 감정 속에서 조용히 드러난다. 작품은 현실의 구체적 사건을 직접 묘사하지 않으면서도, 말 한마디의 뉘앙스를 통해 이주노동자가 사회적으로 '미끄러지는 자리'를 감각적으로 보여준다.

작품 속 화자는 한국인들의 '친절하게 보이지만 선을 긋는 말투', 모임에서 '외국인이라며 지나치게 관심을 보이지만 금세 경계를 치는 태도'를 경험한다. 이는 사회학에서 말하는 문화적 차별(cultural racism), 혹은 일상적 인종주의(everyday racism)의 전형이다. 결코 적대적으로 보이지 않는 말투 속에 포함된 배제, 한국인 내부의 문화적 우월감, '우리는 한국인/너는 외국인'이라는 경계 짓기 등, 작품에서 청년이 '슬며시 소외감을 느끼는 순간들'은 바로 이 일상적 인종주의가 만들어내는 상처의 축적을 문학적으로 포착한다.

화자의 고향, 그가 떠나온 세계는 단지 공간적 배경이 아니라, 한국 사회에서 그가 잃어버린 정체성과 주체성을 비추는 거울이 된다. 고향의 산을 설명하는 그의 방식은 자신이 한국에서 어떻게 보일까를 의식한 말하기이며, 이것은 타자의 시선에 길들여진 이주노동자의 생존 전략이기도 하다. 한국의 노동시장과 사회 구조가 그를 한 인간으로 대하지 않고, 생산성·효율성·대체 가능성으로 환산하는 시스템일 때, 그는 자신을 끊임없이 '조심스럽게' 말하고 '적당히 낮추어' 위치시키며 살아갈 수밖에 없다.

「욜하트」는 결국 이주노동자의 현실을 사회학적으로 드러내는 서사이다. 비교와 위계가 작동하는 다문화 사회의 단면, 노동력은 필요하지만 그 노동자를 온전히 받아들이지 못하는 국가의 모순, 그리고 그 사이에서 인간적 존엄을 지키려 애쓰는 개인의 내면이 짧은 문장들 사이에 잔잔히 스며 있다. 작품은 거창한 비극을 외치지 않지만, 이주노동자가 겪는 보이지 않는 고통과 보편적 욕망, 존중받고 싶고, 자신의 삶이 평가 대상이 되지 않기를 바라는 마음을 조용한 목소리로 끝까지 밀고 간다.

「욜하트」는 몽골 청년이 한국에서 노동자·학생·체류자로 살아가며 겪는 일상의 균열을 통해, 한국 사회가 이주노동자에게 부과하는 구조적 조건을 사실적으로 드러낸다. 이 작품이 보여주는 개별 경험은 단일한 '사연'이 아니라, 한국 이주노동자 집단이 공통적으로 겪는 사회학적 현실의 축적이다.

3) 현대 사회 속 소외와 정체성 위기

현대 문학에서 개인의 고립과 소외, 그리고 정체성의 위기는 반복적으로 다뤄지는 주제이다. 「제비와 붙어살이벌레」, 「욜하트」는 이러한 문제를 각기 다른 사회적 맥락과 서사적 전략으로 풀어내면서도 공통적으로 사회 속에서 길을 잃은 개인의 내적 갈등을 중심에 놓는다.

「제비와 붙어살이벌레」와 마찬가지로 「미로」에서도 주인공은 삶의 방향성을 상실한 현대인의 모습을 보여준다. 작품은 내적 독백과 심리적 방황을 통해 개인의 존재론적 불안을 극대화하며, 독자로 하여금 인간 존재의 근본적 고독을 체험하게 한다. 한편 「욜하트」는 한국 사회에서 외국인 청년이 경험하는 현실적 어려움과 문화적 충격을 사실적으로 묘사한다. 몽골 출신 청년은 차별과 낯선 환경 속에서 적응을 강요받으며, 사회적 소외의 문제를 구체적 사건을 통해 현실적으로 보여준다.

    망막에 달라붙어 있던 까만 새가 다시 꺄우웃 소리를 내고 울더니 털이 숭숭 빠져 보기 흉한 날개를 퍼덕거렸다.

    "가라고 했는데 왜 안 가고 있는 거야?"

    그가 까만 새를 향해 소리를 버럭 질렀다.

"까우웃, 나는 그녀가 아니고 너야. 내가 너라고."

"뭐라고?"

까만 새의 말에 그는 화들짝 놀라고 말았다.

"나는 네 안 깊숙이 숨어 있던 불순한 욕망이었고, 불안이었어. 그녀는 그런 너의 약점을 장난감 삼아 데리고 놀았을 뿐이고…… 나를 너의 망막에서 아주 떼어낼 수 있는 방법은 한 가지뿐이야. 자신의 능력으로는 가질 수 없는 것을 탐했던 허망한 욕심에서 벗어나는 것이야. 세상은 탐한다고 해서 결코 쉽게 내주는 법이 없거든. 그런데 넌 어리석게도 그걸 너무 쉽게 얻으려고 했어."

까만 새가 하는 말을 들은 그는 놀란 마음을 진정하기 위해 욕실로 들어갔다. 샤워기를 틀어놓고 찬물을 뒤집어썼다. 털이 숭숭 빠진 보기 흉한 까만 새가 그녀가 아니라 나였다고? 나라고? 나라고? 같은 말을 반복하며 몸이 얼얼해질 때까지 물을 뿌렸다.(「미로」, 79~80쪽)

「미로」의 화자는 나이가 들어가면서 그 패배와 고립, 응시의 이미지에서 타자와의 관계 등으로 서서히 무너지는 모습을 새의 이미지를 통해서 보여준다. 사회, 인간관계, 정체성 혼란, 사회적 불확실성 등이 모두 길을 잃고 서성이는 자아가 미로에 갇혀버린 모습이다.

세 작품의 공통점은 명확하다. 모두 사회적 구조 속에서 개인이 겪는 소외와 정체성 혼란을 중심 테마로 삼고 있으며, 이를 통해 사회적 현실과 인간 존재의 본질적 문제를 탐구한다는 점에서 현대 문학의 중요한 흐름을 공유한다. 그러나 세 작품의 차이점은 서사적 접근과 강조점에서 두드러진다. 「미로」는 철학적·심리적 성찰을 통해 개인 내면의 갈등을 깊이 탐구하며, 삶의 의미와 방향성을 묻는다. 「제비와 붙어살이벌레」는 풍자와 자조를 통해 사회적 모순을 비판적 시선으로 조명하며, 개인과 가족, 사회의 관계를 유머와 냉소로 풀어낸다. 「욜하트」는 외국인의 경험이라는 구체적 사회적 조건을 전면에 내세워, 다문화적 맥락 속 소외와 차별 문제를 사실적으로 드러낸다.

결국 이 세 작품은 모두 현대 사회에서 인간 존재의 불안과 소외를 다루지만, 각 작품이 주목하는 사회적 맥락과 표현 방식에 따라 독자에게 전달되는 울림은 다르게 나타난다. 「미로」가 철학적 명상으로, 「제비와 붙어살이벌레」가 풍자적 자조로, 「욜하트」가 현실적 사실주의로 각각의 길을 걷는다는 점에서, 세 작품은 공통 주제를 다루면서도 독자적 문학적 성취를 보여준다.

그러나 세 작품은 사회적 관계 인식에 있어서는 차이를 보여준다. 「미로」에서는 인간과 사회 구조가 서로를 동등하게 얽어매는 관계망 속의 혼란을 보여준다면, 「제비와 붙어살이벌레」는 타인의 시선에 의해 규정된 사회적 위계가 핵심이다.

2. 노년의 상실과 환대
—「직박구리」·「붉은가슴울새」·「백로와 사막코끼리」를 중심으로

이 세 작품은 표면적으로 서로 다른 서사 구조와 분위기를 지니지만, 그 아래에는 작가가 오랫동안 견지해온 삶에 대한 태도, 시대를 읽는 시선, 노년과 상실에 대한 깊은 감각이 일관되게 흐른다. 작품을 분리하면 각각 아름답지만, 세 편을 함께 놓고 읽으면 '소설가 서기향은 무엇을 바라보는 사람인가'가 더욱 선명해진다.

1) '노년의 눈'으로 세계를 바라보는 시선

세 작품의 주인공은 모두 노년 혹은 삶의 후반부에 위치한 인물들이다. 이는 단순한 인물 선택이 아니라, 작가의 세계 인식이 노년의 관점에 놓여 있다는 사실을 드러낸다. 노년은 다음과 같은 특징을 가진 시기다.
이미 많은 것을 잃었거나 잃어가는 시기, 관계가 재편되고 해체되는 시기, 사회의 중심에서 밀려나는 시기, 기억이 삶을 지배하는 시기, 삶의 마지막을 '정리하여 바라보는' 시기. 그러나 작가는 이 시간을 비극적이거나 무력하게만 보지 않는다. 오히려 노년의 시간은 세계를 비틀림 없이 바라볼 수 있기 때문에, 세계를 정직하게 바로 볼 수 있게 된다. 자신에게조차 객관적일 수 있기 때문에 삶에 대해 내밀한 곳까지 바라볼 수 있는 깊이를 가질 수 있다.

「백로와 사막코끼리」, 「직박구리」, 「붉은가슴울새」의 노인과 중년에 접어든 화자들이 그러하다. 이들은 모두 세상의 중심이 아닌 주변부에서 세계를 관찰하는 존재들이다. 작가는 이 주변부적 시선을 통해 오히려 현실의 핵심부를 꿰뚫는 통찰을 드러낸다.

2) 세 작품에서 드러나는 '해체되어가는 관계들'

이 작가가 가장 깊은 관심을 둔 영역은 인간관계가 어떻게 붕괴하고, 어떻게 다시 회복되고 포기되는가이다. 「직박구리」는 공동체가 어떻게 흐트러지고 서로를 공격하게 되는지를 현실적으로 그린다. 노인회관 내부의 작은 권력 다툼은 거대한 사회의 축소판이 된다.

「직박구리」에서는 화자의 내면 독백을 통해 현실과 기억이 교차한다. 사실주의적 묘사, 날씨, 공간, 인물의 언행을 구체적으로 기록하여 리얼리티를 강화하고, 직박구리, 고욤나무와 노인회, 아파트의 구조가 병렬적으로 대응된다. 이를 통한 현실 풍자는 날카롭지만, 그 이면에는 인간에 대한 연민과 쓸쓸한 애조의 시선이 깔려 있다.

즉 「직박구리」는 노년의 삶을 단순히 비극으로 그리지 않는다. 그 안에는 '살아남은 자의 슬픔', '기억의 공동체가 사라진 시대'에 대한 깊은 성찰이 담겨 있다. '고욤나무에서 직박구리가 참새를 내쫓듯, 인간 세상에서도 약자는 늘 밀려난다.' 이 한 줄로 요약되듯, 작품은 늙은 인간의 존엄이 무너진 사회를 조용하지만 섬뜩하게 고발한다. 그러면서도 마지막까지 베란다 밖을 바라보는 주인공의 시선에는 여전히 삶을 붙드는 미세한 애착과 희망의 잔불이 남아 있다.

「백로와 사막코끼리」는 한 노인의 생애 말년을 통해 '인간의 고독', '가족 내 단절', '사랑의 부재와 회복', '죽음을 앞둔 자기 인식'이라는 주제를 깊이 있게 탐구한 작품이다.

이 작품은 노년의 '박 노인'이 폐암 말기 상태에서 자신의 인생을 회고하며, 백로와 사막코끼리라는 상징적 동물들을 통해 자신의 생애와 인간적 결핍을 성찰하는 서사이다. 작품은 사실주의적 가족 드라마의 형식을 취하면서도, 은유적 상징이 교차하며 '인간 존재의 구원과 회한'이라는 철학적 깊이를 드러낸다.

「백로와 사막코끼리」는 한 인간의 죽음을 '자기 구원의 서사'로 승화시킨 작품이다. 백로가 하늘로 날아오르고, 사막코끼리가 끝내 사라지듯, 박 노인은 생물학적 존재에서 영적 존재로 '이행하는 인간'의 상징으로 그려진다. 즉, 이 작품은 죽음을 통해서만 완성되는 삶의 이해, 그리고 사랑의 결핍을 자각함으로써 도달하는 인간적 구원의 이야기다.

「붉은가슴울새」는 중년 여성 '서윤서'의 시선을 통해 현대사회의 계급 의식, 가족의 붕괴, 그리고 여성의 자아 회복 문제를 정면으로 응시한 작품이다. 작가는 외형적 '노블레스'의 세계와 내면의 황폐함 사이의 간극을 섬세하게 포착하며, 인간의 허위의식과 진정한 존엄에 대해 묻는다.

작품은 단순히 가정의 불화를 묘사하는 데 그치지 않고, 상처를 직시함으로써 회복의 가능성을 보여준다. 윤서는 "아들의 가슴에 진짜로 붉고 아름다운 깃털이 돋아날 수 있도록"(131쪽) 자신의 삶을 재조정한다. 그녀의 변화는 거창하지 않다. 소설 쓰기를 잠시 멈추고, 아들과 함께 밥을 먹고, 음악을 듣는 일상적 행위 속에서 '진정한 '관계의 회복'이 시작된다. 하지만 이 회복은 완전한 구원이 아니다. 여전히 남편과는 "무늬만 부부"(132쪽)로 남고, 현실은 변하지 않는다. 그럼에도 불구하고 윤서는 내면의 시야를 달리한다. 상처와 모순을 인정하는 태도 자체가 '붉은가슴울새'의 깨달음이며, 이 작품의 윤리적 결론이 된다.

「붉은가슴울새」는 가족, 부부, 사회적 인정, 자기 이미지 등 개인을 지탱하던 모든 관계가 조금씩 갈라지는 과정을 그린다. 「백로와 사막코끼리」는 가족이 해체된 자리에서 다시 재회함으로써 관계의 회복 가능성을 탐색한다. 즉, 작가에게 관계란, 언젠가 반드시 균열되며, 그 균열 속에서 인간의 진실이 드러나고, 그 과정이 인간을 성찰하게 만드는 존재론적 사건이다. 이런 점에서 서기향을 '관계의 작가', '상실의 작가'라 부를 수 있다.

3) '새'와 '동물'의 문학적 은유

세 작품에서 반복적으로 등장하는 은유는 새(혹은 동물)이다. 직박구리, 붉은가슴울새, 백로, 사막코끼리, 이 새들은 단순한 장식이 아니라, 작가의 내면과 세계 해석이 가장 응축된 상징적 언어다.

직박구리 → 난폭한 공동체, 폭력적 일상
붉은가슴울새 → 부드럽지만 잔혹한 인간 내면의 이중성
백로 → 고독과 품위, 애도의 형상

사막코끼리 → 느린 기억, 삶의 축적

작가는 새를 통해 인간을 말한다. 동물을 통해 인간 사회의
욕망과 상처를 투사한다. 이는 작가가 우화적 세계관, 혹은
상징적 리얼리즘에 기반한 문학적 감수성을 갖고 있음을 보
여준다.

4) 일상 속에서 시대적 진실을 포착하는 작가

작품들은 모두 아주 일상적이고 소소한 장면에서 출발한
다. 장마철 아파트 창문, 고급 한정식집의 식탁, 기일 음식 준
비 풍경, 그러나 그 사소한 장면들은 곧바로 다음과 같은 거
대한 문제로 확장된다. 노년 공동체의 붕괴와 재개발, 계급적
불평등, 사회적 차별, 전쟁, 이주, 가족의 해체, 삶과 죽음의
경계 등.

작가는 사소한 것에서 거대한 이야기를 끌어올리는 능력을
갖고 있다. 일상의 균열 속에서 시대의 균열을 읽어내는 것이
다. 이러한 서사 방식은 근대 도시문학 전통을 이어받은 것이
다.

5) 인물의 고독에 대한 깊은 이해

세 작품의 인물들은 모두 깊은 고독감에 시달린다. 그러나 그 고독은 '불행한 외로움'이 아니라, 인간이 본래적으로 지닌 실존의 무게에 가깝다.

「직박구리」의 주인공은 이웃과 공동체 사이에서 소외된다. 「붉은가슴울새」의 인물은 인정 욕망과 실패 사이에서 스스로를 잃는다. 「백로와 사막코끼리」의 아버지는 사랑하는 이를 잃은 뒤 조용한 슬픔 속에서 삶을 정리한다. 작가는 고독을 비극적 결말이 아니라, 삶의 내부에 자리한 구조적 진실로 바라본다. 그 결과, 등장인물들은 버려진 존재가 아니라 상실을 끌어안고, 고요 속에서 생각하며, 비로소 세계를 깊이 이해하는 '침잠하는 인간'으로 그려진다. 이것이 바로 이 작가의 인물 창조 방식이다.

6) 세 작품이 드러내는 작가의 문학적 지향

세 작품을 관통하는 작가의 문학적 세계는 이렇게 요약할 수 있다. 상실을 통해서 이해하는 삶의 무너짐과 관계의 균열 속에서 인간의 진실을 본다. 노년의 시각을 통해 시대를 읽는 작가, 즉 노년을 약함이 아니라 '통찰의 자리'로 재해석한다.

상징적 리얼리즘의 작가, 새와 동물을 통해 인간을 말하고, 일상 속에서 시대를 읽어낸다. 미시적 사건에서 사회적 구조를 포착하는 작가, 작은 서사 속에서 공동체와 사회의 균열을 노출시킨다. 고독한 인물들에게 조용한 연민을 부여하는 작가, 판단이 아니라 이해, 절망이 아니라 관조를 제공한다.

'상실 이후의 인간'을 탐구하는 작가로 세 작품을 하나로 묶어보면, 이 작가가 말하고자 하는 것은 상실 이후에도 인간은 살아간다는 것이다. 상실은 끝이 아니라 시작이며, 그 이후의 시간이 인간을 더 깊게 만든다고 작가는 믿는다.

그래서 이 작가의 작품 속 인물들은 상처받고, 고립되고, 잃어버리고, 울컥하고, 흔들리지만 결국 자신의 삶을 다시 들여다보는 자리, 즉 숙고의 자리에 도달한다. 그곳에서 새들은 날아오르고, 기억은 되살아나며, 관계의 의미가 다시 질문된다. 따라서 이 작가는 상실과 고독을 통해 인간 존재의 근원을 예리하게 탐구하며, '새와 노년의 세계를 통해 시대를 읽어내는 작가'라고 말할 수 있다.

　본심에 올라온 작품은 모두 세 편으로 두 개의 단편집과 한 편의 장편소설이었다.

　단편집 『붉은가슴울새』는 제목이 시사하는 것처럼, 자연 속 새의 생태에 대한 관찰을 차용, 우리 사회를 관찰하는 전략을 구사하고 있다. 이민자의 핍진했던 상황을 사촌 자매의 시선을 통해 표현한 「정오의 날개」를 비롯하여, 아들과의 상봉 직전 홀로 죽음을 맞이한 독거노인, 불법체류자로 쫓겨난 몽골 이주노동자, 개발로 보금자리를 잃게 된 새들, 부모에게 기생해서 살아가는 젊은이, 자존심을 지킬 수 없는 처지로 몰린 노인, 속물의 삶과 '고통과 시련의 삶' 사이에 놓인 중년의 여성 소설가, 가상의 존재로 타인의 삶을 도용하는 젊은 여성, 빌라 살인 사건의 범인으로 몰린 장애 여성 등을 각각 직간접적으로 보여주고 있는 단편집 『붉은가슴울새』는 자바공작새, 백로, 독수리, 꼬마물떼새, 제비, 직박구리, 붉은가슴울새 등의 생태와 연관 지어 표현함으로써 거리감을 확보하는 것은 물론 비유적 효과까지도 얻고 있다. 몇몇 작품에서 결말에 도달하는 과정의 급작스러운 느낌과 문장과 표현에서 일부 보이는 일상어의 남발이 걸리기는 해도 이야기를 전개해 나가는 솜씨가 활달해서 결말까지 속도감 있게 전개되고 주제 또한 뚜렷하게 부각하는 장점이 도드라져 보였다.

숙고 끝에, 수상작으로 『붉은가슴울새』를 선정하게 되었다. 『붉은가슴울새』는 작가의 시선이 우리 사회의 다양한 계층과 연령대를 포괄하면서 그들이 처한 현재 상황에 대한 예리한 포착을, 마치 탐조(探照)등을 비추듯이 비추어내고 이를 탐조(探鳥)에 빗대어 다채롭게 표현하였다. 이는 소설이 당대에 해야 할 역할일 것이다. 우리 사회의 약자들을 두루 내세우면서도 당위의 세계를 그리는 것이 아니라 구체적인 실상을 보여주는 소설들에는 현실에 대한 균형 감각이 돋보였다. 『붉은가슴울새』를 수상작으로 결정한 이유이다. 작가가 앞으로도 문장의 칼날을 벼리어 더 성능 좋은 탐조등(探照燈)으로서 역할을 하기 바란다.

본심 심사위원 **박형숙**(소설가), **이성아**(소설가), **이경란**(소설가)

예심 심사위원 **김경**(소설가), **김민주**(소설가)

작가의 말

이번에 펴내는 작품집 『붉은가슴울새』는 탐조소설이란 타이틀을 달아 2008년에 출간했던 『새들은 모래를 삼킨다』에 이은 후속작이다. 작품에 따라 문예지에 발표했던 시기가 최대 17년, 최저 10년이나 지나고 보니 수정 작업이 불가피했다. 문장도 부족한 부분들이 눈에 띄었고, 시대성이 떨어져 있는 작품도 있었다. 텃밭이나 정원에 난 잡초를 뽑아내듯, 잘 자라지 않고 있는 화초에 영양제를 치듯, 그렇게 문장과 구성을 다듬으며 적지 않은 시간을 보냈다. 그랬어도 부족함은 여전히 보인다. 그것은 작가로서 부단히 노력해 극복해야 할 과제일 것이다.

소설가가 되기 전에는 KBS 방송국에서 드라마 작가 연수 교육을 받기도 했고, 논술강사를 하고, 새를 전문으로 하는 다큐 작가로도 활동했었다. 오래전부터 이루고 싶었던 소설가의 꿈을 이루어내겠다고 결심한 것은 다큐 작가를 할 때 접한 새들의 생태를 보다 많이 알게 되면서부터였다. 새들의 특성이 인간의 한 부분과 닮아 보인다는 점에 착안해 둘을 하나로 접목시켜 작품을 쓰기 시작했다. 어떤 작품은 사실과 상상을 섞어 써서 팩션에 가까운 것도 있고, 어떤 작품은 새의 이미지와 상징성만으로 쓴 것도 있다. 그렇게 쓴 작품이 모두 30여 편이었다.

어느 날 문득 이런 작품만 계속 쓰면 새라는 소재에 함몰되어 소재주의적인 작품만 쓴다는 오해를 받을 수도 있겠다는 생각이 들었다. 그런 이유로 지금은 새를 소재로 하는 탐조소설을 쓰기를 자제하고 있다. 그래도 아직 우리나라에서는 탐조를 소재로 본격적으로 소설을 쓰는 작가가 없다 보니 아주 중단할 마음은 없다. 쓸 수 있는 데까지 쓰는 것, 그것이 소설가로 살아가는 동안 내가 할 일이라고 생각하고 있다.

이 작품집을 출간하는 데는 성주재단 제2회 성주문학상 공모에 응모했던 작품들을 심사한 심사위원들이 나의 작품을 수상작으로 채택하여주신 일, 작품집을 출간할 수 있도록 출판비를 지원해주신 성주재단, 그 문학상을 유치해내느라 애쓰신 작가포럼 이덕화 대표, 힘들게 촬영하여 알아낸 새들의 특성에 관한 자료들을 사용하도록 허락해준 서정화 사진작가의 도움이 있었다. 진심으로 감사를 드린다.

작품 출간의 기쁨을 감사를 드린 모든 분들과, 또 축하를 아끼지 않았던 동료 선후배, 수상 소식을 듣고 기뻐했던 나의 가족들과 함께하고 싶다. 독자들에게는 앞으로도 우리 사회의 이곳저곳을 더 자세히 살펴 동감과 공감을 함께할 수 있는 이야기로, 문학적으로는 부족한 점을 개선하여 보다 완성도가 높은 소설을 쓰도록 노력하겠다는 약속을 드린다.

붉은가슴울새

ⓒ 서기향

1판 1쇄 발행		2026년 2월 20일
지은이		서기향
펴낸이		정홍수
편집		김현숙 이명주
펴낸곳		(주)도서출판 강
출판등록		2000년 8월 9일(제2000-185호)
주소		서울시 마포구 동교로17안길 21 (우 04002)
전화		02-325-9566
팩시밀리		02-325-8486
전자우편		gangpub@hanmail.net

값 15,000원
ISBN 978-89-8218-384-3   03810